Frédéric Lenormand

Meurtre à l'anglaise

Une enquête de Voltaire à Londres

PERSONNAGES HISTORIQUES, RÉELS,
VÉRIDIQUES ET AYANT EXISTÉ

FRANÇOIS-MARIE AROUET dit VOLTAIRE
EDWARD HIGGINSON, traducteur quaker
LORD BOLINGBROKE, politicien en retraite
LORD PETERBOROUGH, militaire en retraite
PETER PELLON, aubergiste
RUFUS CHETWOOD, souffleur de théâtre
SAMUEL JALLASSON, imprimeur

Il était si grand homme que j'ai oublié ses vices.
Lord Bolingbroke

L'auteur remercie Agatha Christie, Oscar Wilde et William Shakespeare pour leurs aimables contributions, ainsi que les Beatles pour la musique.

Voltaire en 1726

Après avoir atteint une grande célébrité comme bel esprit, comme poète mondain et comme dramaturge, Voltaire a tout perdu pour avoir fait un mot de trop aux dépens du chevalier de Rohan-Chabot. Rossé par les valets du chevalier, lâché par ses amis, l'écrivain s'est obstiné à réclamer un duel, ce qui lui a valu d'être incarcéré à la Bastille par lettre de cachet. Libéré de son donjon sous condition de quitter Paris, le voici qui débarque en Angleterre, bien décidé à étudier ce beau pays de liberté et de bœuf en gelée et à faire des Anglais les défenseurs des idées voltairiennes.

CHAPITRE PREMIER

Comment Voltaire se réfugia en Angleterre et perdit son bifteck.

Voltaire, ayant reçu du bâton à Paris, s'en fut voir à Londres si on lui en donnerait aussi. Il avait trente-deux ans, âge auquel un philosophe a l'échine très souple pour résister aux coups, et les jambes plus vives encore pour échapper à ceux qui les donnent.

Le 11 mai 1726, depuis le pont de la Betty, fringant trois-mâts sur lequel il venait conquérir ce monde en friche, il découvrit l'immense estuaire de la Tamise aux berges gazonneuses. La proue du navire avançait vers le port avec lenteur sous un ciel sans nuage, prémices d'un séjour heureux qui le consolerait de ses déboires. Excité par la vue de ces terres vouées à l'exploration philosophique, il bouscula plusieurs passagers trop lents, chargés et encombrants, pour sauter à quai le premier, son baluchon à l'épaule. Tout était neuf, exotique, tout respirait la promesse des exploits qu'il allait accomplir au nom du pragmatisme raisonné, il ne se tenait plus d'impatience à l'idée de commencer sa nouvelle vie d'auteur anglais.

– C'est un petit pas pour moi, mais un grand pas pour la philosophie ! déclara-t-il en posant son soulier verni sur le sol jonché de paille, parmi les marins pieds nus et les portefaix en sabots.

Dans un sac en cuir il avait fourré les principaux outils indispensables à son premier contact avec les indigènes : un dictionnaire bilingue (huit cents pages imprimées petit) et une grammaire anglaise (trois feuillets écrits gros). Depuis qu'il avait établi le lieu de son refuge contre la tyrannie, il n'avait plus pour lecture que *The Present State of Great Britain*, guide en trois volumes grâce auquel il savait par avance tout ce qu'il y avait à connaître du pays ; il lui tardait de confronter son savoir à la réalité.

Sa rencontre avec les autochtones fut à ce titre une petite déception. A son « Hello, my dear, où peut-on prendre une *pale ale* et manger du pudding ? », son interlocuteur haussa les épaules et lui indiqua du doigt la capitainerie où l'on orientait les voyageurs à loger, les marchands enturbannés et les faibles d'esprit.

Ce beau temps de printemps lui semblait du meilleur augure pour son exil forcé au paradis de la liberté. Deux rangées de vaisseaux avaient déployé leur voilure en l'honneur d'un grand personnage qui se promenait sur la rivière, dans une belle barque dorée précédée de bateaux où l'on jouait de la musique et suivie d'une myriade de canots à deux rameurs.

– Sont-ce le roi et la reine ? s'enquit l'écrivain auprès d'un compatriote reconnaissable à son tricorne.

– Sa Majesté est avec sa maîtresse, Lady Kindall. Voici trente ans qu'il a fait enfermer son épouse dans une forteresse du Hanovre.

Voltaire apprit donc qu'en Angleterre le roi pouvait se pavaner avec sa petite madame, et, chose plus inquiétante, qu'on y mettait dans des donjons des personnes qui auraient dû avoir droit à la considération générale. Certes, ce pays avait une longue tradition d'emprisonnement et même d'exécution de monarques des deux sexes, Charles Ier, Edouard II Plantagenêt, Marie Stuart... Il fallait se faire violence pour accepter les particularités régionales, celle-ci aussi bien que le *toad in the hole*, ce « crapaud dans le trou » à base de saucisses enrobées de pâte servies avec une sauce au jus d'oignon mélangé de bière, un délice difficile à apprécier si on n'a pas dix générations d'ancêtres britanniques derrière soi.

Tout le monde autour de lui semblait bien nourri, bien vêtu, heureux et gavé comme devaient l'être des citoyens libres. L'écrivain observait cela tout en cheminant à travers cette ville surpeuplée où la rue était un spectacle permanent, le plus original qu'il ait vu depuis la création de sa tragédie d'*Artémire* au Théâtre-Français.

Sa première visite fut pour son banquier, M. Mendès père, afin de s'y faire payer des lettres de change achetées à Paris auprès de Mendès fils contre un morceau de sa fortune. Un quart d'heure plus tard, Voltaire apprenait qu'il était ruiné, floué, lâché sans le sou en terre étrangère : Mendès fils avait fait faillite le mois suivant le dépôt !

– Mais que vais-je devenir ? s'horrifia-t-il, coincé dans un pays dont il ne pratiquait pas même l'étrange idiome.

La rouerie de son fils fit verser au vieux papa Mendès des larmes de honte tandis que Voltaire observait le décor de bimbeloteries qui l'entourait.

– Elle vaut combien, la potiche, là ?

Hélas, une sensibilité qui faisait merveille pour composer des tragédies mais qui nuisait à l'exercice de la finance le conduisit à pleurer avec le vieillard, et à consoler le vieillard qui, en échange de ces bonnes paroles, lui remit quelques pièces d'or à l'effigie de George Ier. C'était de quoi survivre un moment sans se montrer trop exigeant, en attendant de se procurer des subsides. Le reste de son bien était resté à Paris derrière deux barrières infranchissables : le bâton du chevalier de Rohan, ce rustre blasonné, et l'intransigeance du ministre de la Maison du roi qui avait prié le bastonné d'aller plutôt accabler les Anglais.

– Un homme d'esprit est le bienvenu partout…, supposa le vieux banquier, qui surestimait la puissance de la culture et du bagou.

– Mais non ! Mais non ! répondit Voltaire. Je ne suis pas venu chez vous pour animer des parties de campagne chez les comtesses !

Il voyait se dessiner devant lui un long avenir de semelle de viande servie dans une sauce sucrée figée avec de la bouillie et des légumes à l'eau mi-cuits. Le banquier lui conseilla de faire un tour au Rainbow Coffee House, un endroit plein d'émigrés français où fréquentaient d'autres écrivains opprimés comme lui. Voltaire sentit qu'il allait boire la tasse de thé jusqu'à la lie.

Il s'y rendit à pied pour commencer d'économiser sur les frais de transport. La nuit avait été pluvieuse (un phénomène auquel il allait devoir s'habituer très vite), les rues étaient maculées d'une boue liquide infecte qui éclaboussait les piétons de la tête aux pieds.

Le Rainbow Coffee House ne contenait pas ce jour-là d'écrivain connu de lui. Il jugea ce café malpropre, mal meublé, mal servi, mal éclairé. Les messieurs renfrognés qui y étaient ne lui répondaient que des « yes » et des « no », et quand il parvint à exprimer son étonnement, on lui déclara qu'« il faisait un vent d'est, un vent à décapiter un roi », ce qui n'était pas une bonne nouvelle pour ce qui concernait le climat, les mœurs des indigènes ou l'avenir du réfugié. Seuls les vents d'ouest ou du sud étaient favorables. Voltaire se promit de guetter les girouettes.

S'étant informé des logements offerts aux émigrés peu argentés, on lui recommanda, dans Maiden Lane, de l'autre côté du Strand, l'auberge de la White Peruke, qui avait selon le serveur « tout le charme français ».

Voltaire avait espéré un immeuble chic et découvrit un immeuble chiche. Le « charme français » était tout entier dans le dessus de lit en tricot, le portrait de Louis XV et le bidet. Le reste de la francité reposait sur les Français qui l'habitaient, une engeance dont il vaut mieux éviter la fréquentation à l'étranger parce qu'elle vous expose à une litanie interminable de critiques – « Ils sont malpolis », « Ils se nourrissent mal », « Ils ne savent pas vivre », etc. –, au risque de vous dégoûter d'emblée en vous gâtant les beautés du pays. Une fois le portrait du roi retourné contre le mur, le visiteur commença enfin à sentir que le séjour était possible.

Maiden Lane était un quartier mélangé : les aristocrates qui n'avaient pas encore migré vers l'ouest où l'air était meilleur y côtoyaient les artisans et commerçants venus les remplacer. Il y avait là toute une série d'établissements où un écrivain amateur de café pouvait s'approvisionner, depuis le Rainbow coffee-house jusqu'à la taverne Bedford Head en passant par The Three Tobacco Pipes.

Peter Pellon, l'aubergiste, était épais, avec un visage rond aux joues bien pleines, sans perruque mais pourvu d'un collier de barbe poivre et sel qui lui donnait la mine d'un soldat retiré des campagnes. Il voulut renseigner le registre des entrées, une obligation imposée par l'administration locale, autant dire que ce livre était le principal auxiliaire de la police des mœurs. Depuis son premier séjour à la Bastille et l'abandon du nom d'Arouet pour celui qu'il portait maintenant, Voltaire avait l'habitude de s'inventer des pseudonymes dans les endroits désagréables. Soucieux de ne pas compromettre par sa misère momentanée la plus belle signature de la littérature française, il se fit inscrire sous le patronyme passe-partout de « comte Hercule de Perrault ». Ce pourrait être utile dans le cas où des espions français oseraient le surveiller, on ne sait jamais, il était un personnage important des belles lettres et de la résistance aux bâtons. Cela faisait de lui le seul écrivain qui ne prenait pas un nom de plume pour se faire connaître par ses écrits mais pour faire oublier qu'il avait écrit.

Quoi de plus cruel pour un homme d'esprit que de résider dans un pays où il ne peut se faire entendre ? Il se renseigna sur un établissement où l'on dispenserait des leçons d'anglais pas ruineuses. Les meilleurs dans la catégorie des moins chers étaient chez les quakers, une secte qui œuvrait pour gagner sa place au paradis et non pour s'enrichir, concept très favorable aux philosophes en fuite.

– A moins que monsieur n'ait des préventions contre la religion…, dit l'aubergiste.

– Moi ? Pas du tout ! Pourquoi ? Pas du tout !

Il n'avait jamais eu de problème qu'avec l'Eglise, et justement ces quakers n'en avaient pas, ils croyaient au rapport direct avec la divinité, sans intercesseur entre le croyant et son créateur.

– C'est fort bien fait, dit Voltaire, il vaut toujours mieux supprimer les intermédiaires, ils vous mangent le bénéfice.

Ces Britanniques s'y entendaient en théologie comme en commerce, c'était des gens de qui tout le monde avait à apprendre.

La maison d'enseignement de Mr. Kuweidt était située dans les parages d'une teinturerie du quartier de Half-Farthing. C'était une école sobre et digne, fréquentée par des gens éduqués. Ces quakers portaient de hauts chapeaux noirs, de longs manteaux sans rabats ni boutons, et restaient coiffés pour vous parler. C'était pour Voltaire les gens les plus étranges du monde.

– Vous n'avez pas beaucoup voyagé, supposa Edward Higginson, le répétiteur qui lui apprenait les verbes irréguliers.

– Tant de cultes différents cohabitent dans votre pays, et pourtant vous vous aimez les uns les autres, malgré vos opinions divergentes !

– Détrompez-vous, nous nous détestons. Mais après tant de massacres, nous avons décidé de ne plus nous entretuer et nous nous tolérons.

La tolérance ! Quelle belle idée ! Cela consistait à se détester sans s'étrangler !

Edward Higginson avait appris le français tout seul par la lecture. C'était un petit jeune homme brun au nez retroussé, vêtu avec une sobriété qui mettait en valeur la vivacité de ses expressions, son énergie, l'intelligence de son regard sans concession mais non tout à fait sans naïveté. Il commençait par écrire son nom sur le tableau noir, que ses élèves prononçaient à la manière française, c'est-à-dire « I-geint-son ». Puis il leur faisait étudier sa langue natale dans *Macbeth* comme ils avaient appris la leur dans *Le Cid*. Ce fut un grand enseignement pour Voltaire, qui ignorait jusqu'au nom de Shakespeare.

En fin de leçon, la conversation roula sur les miracles de l'Ancien Testament : le bateau de Noé assez vaste pour contenir des millions d'espèces sujettes à se manger entre elles, l'eau qui recouvre les plus hautes montagnes et dont on n'a jamais su où elle était partie ensuite, et s'il y avait eu une autre arche pour sauver la végétation.

– Comment voulez-vous, dit Voltaire, que l'on croie des histoires écrites par des gens qui ne savaient même pas que la terre est ronde ?

– Monsieur est catholique, sans doute ? demanda le quaker, qui ne connaissait qu'une seule sorte de contradicteurs.

– Je suis déiste.

On le regarda comme l'un de ces curieux oiseaux des Amériques qui font glou-glou et dont la crête pend plus bas que le nez.

Voltaire avait besoin d'un secrétaire instruit pour rédiger sa correspondance. Il offrit à son professeur des émoluments qu'un fidèle serviteur de la cause quaker ne pouvait refuser : c'était bien des aumônes et bien des chapeaux noirs à offrir à sa communauté.

– Allez, vous aurez plus de satisfaction à travailler pour moi qu'à enseigner à des bonshommes incapables de dire correctement votre nom.

Higginson admit que la fréquentation de ses élèves n'était pas toujours source de grandes satisfactions.

Voltaire se réjouit d'avoir réussi à s'attacher un traducteur. Il ne lui restait plus qu'à glaner des shillings pour payer « I-geint-son ».

CHAPITRE DEUXIÈME

Où un auteur nouvellement anglais s'oppose à un imprimeur anciennement français.

Quand un écrivain a besoin d'argent, la première adresse à laquelle il songe est celle de son éditeur. Officiellement, Voltaire était venu superviser la fabrication de sa nouvelle œuvre immortelle, *La Henriade*. Imprimer en Grande-Bretagne évitait à votre ouvrage d'être saisi sous presse par la censure française : Voltaire ne croyait pas qu'on organiserait pour lui un nouveau débarquement à la « Guillaume le Conquérant ».

D'autres publications étaient à prévoir. Il avait été chassé de France pour avoir voulu se battre en duel avec un Rohan ; un Rohan n'avait pas à tirer l'épée après avoir donné du bâton, Voltaire l'avait appris à ses dépens, un grand nombre de traités pouvaient découler de cette constatation.

Son I-geint-son sous le bras pour le guider à travers les méandres de la ville, il se dirigea vers l'imprimerie. Le grand incendie de 1666 avait permis de tout reconstruire en mieux, une chance pour l'architecture.

– Bien sûr, dit Higginson, cette chance a quand même coûté quelques dommages aux Français et Hollandais qui habitaient ici, la populace les a accusés d'avoir allumé l'incendie.

Ciel ! Ici aussi on bastonnait des Français ? Mais où fallait-il aller pour ne point être bastonné quand on était français ?

Après que l'incendie attisé par ce vent d'est qui rendait les Londoniens moroses eut détruit la moitié de la ville, les autorités avaient trouvé un bouc émissaire en la personne d'un horloger de Rouen simple d'esprit, qui déclara avoir allumé le feu sur l'ordre du pape. On découvrit, après l'avoir pendu, qu'il n'était arrivé que deux jours après la catastrophe.

Voltaire vit que l'on avait bien besoin ici de ses lumières.

– Mais cette habitude de pendre les Français est bien terminée, dites-moi ?

– Je ne doute pas que nos Anglais, à votre contact, réformerons leurs préjugés sur nos amis du continent, répondit le quaker.

Les avenues étaient bordées de boutiques à fenêtres, toutes très bien fournies en artisanat insulaire et en marchandises importées de ces contrées lointaines dominées par la marine anglaise.

– C'est cocagne ! Quelle déveine d'être fauché !

De tout côté des gens lavaient, essuyaient, frottaient, tandis que les voitures publiques enlevaient les immondices et qu'une eau sortie de canalisations achevait de décrotter les rues.

– Ah ! Que ne suis-je né en Angleterre ! Je serais… Je serais…

– Vous seriez anglais, dit Higginson, que ces miracles n'émouvaient pas.

Voltaire avisa dans une vitrine des montres simples, sans dorures ni fioritures, conçues pour des gens simples qui avaient besoin de savoir l'heure mais qui refusaient l'ostentation.

– Bref, des pauvres ou des quakers, conclut-il.

Il entra voir s'il avait assez sur lui pour s'en acheter une. S'il pouvait revendre la sienne, qui était à répétition, couverte d'émaux et de brillants, ce serait un petit bénéfice.

– Le temps est disloqué, déclara-t-il à l'horloger. Ô destin maudit, pourquoi suis-je né pour le remettre en place ?

La déclaration tirée des leçons d'Higginson ne fit pas merveille auprès de l'artisan.

– Monsieur rend hommage à notre tragédie de *Hamlet*, expliqua le professeur au commerçant.

L'imprimerie était au bas de cette rue remplie de trésors.

– D'où vient la richesse de Londres ? demanda Voltaire.

– De la laine.

– Je ne vois pas les moutons.

– Nous la faisons venir, nous la tissons, puis nous l'exportons. Et à Paris, qu'importe-t-on ?

– Des gens de lettres.

L'imprimeur-libraire se nommait Samuel Jallasson, c'était un exilé huguenot qui avait dû quitter la France trente ans plus tôt. Louis XIV, par la révocation de l'Edit de Nantes, avait peuplé les pays voisins de Français réfugiés.

L'imprimeur était un buffet ambulant dont la tête pleine de bajoues et de doubles-mentons évoquait une poire, à l'expression souriante, qui semblait savourer par avance les bénéfices que vous alliez lui procurer de bon gré. On devinait l'homme qui toute sa vie a capitalisé sur sa bonhommie pour se remplir la panse autant qu'elle pouvait contenir. Pour l'heure, il fronçait le sourcil comme s'il avait trouvé une limace dans son breakfast.

– Il n'est pas bien embouché, nota le client.

– Dame ! dit Higginson. Le vent est à l'est !

C'était l'imprimeur pressenti pour faire des vers sublimes de sa *Henriade* un in-quarto relié pleine peau que s'arracheraient tous les vrais amateurs de bonne poésie épique avec coups d'épée, armures et cavalcades cheveux au vent.

Moins sensible aux chevauchées épiques qu'on ne l'avait prévu, Jallasson commença par réclamer une avance pour l'encre et le papier destinés à faire la gloire du poète. C'était une époque barbare où les écrivains devaient payer pour publier.

Il lui fut répondu de ne pas s'inquiéter. Certes le roi de France, la reine de France et le premier ministre avaient supprimé les pensions qu'ils versaient jusqu'ici au destinataire des coups de bâton, ses livres étaient interdits, ses tragédies ne se jouaient plus, son frère l'avait spolié de la fortune familiale, mais quelques amis à qui il avait prêté à intérêt devaient lui envoyer de quoi poursuivre son œuvre. Le quaker qui écoutait tout cela comprit qu'il travaillait non seulement pour un impie à bout de ressources, mais aussi pour un usurier voué à l'enfer. Il allait devoir consulter les principes de sa religion sur ce sujet.

Voltaire examina les comptes et factures qu'on lui soumettait. La révision des chiffres lui rappela une formule anglaise apprise en classe.

– Celui qui peut sourire alors qu'on l'a volé vole lui-même quelque chose à son voleur.

– C'est moi que vous traitez de voleur ? demanda l'imprimeur.

– Monsieur vous fait l'hommage de vous comparer à Othello, expliqua Higginson.

– Celui qui a tué sa femme ?

Voltaire sentit qu'il allait devoir rester en Angleterre au moins le temps que cette édition se finance, s'imprime et se vende. Ce Jallasson était un homme à surveiller, il risquait de vous imprimer un torchon onéreux mieux garni en coquilles qu'un relais de pèlerins sur la route de Compostelle.

– La littérature, c'est moi qui la fais, pas les marchands qui l'impriment.

Le séjour s'annonçait long et conflictuel.

– Il faut accabler de temps en temps nos éditeurs pour justifier l'opinion qu'ils ont de nous.

Il se lamentait toutefois de ne point déjà parler l'*anglois*.

– C'est la langue du commerce, vous l'apprendrez très vite, lui affirma Higginson.

CHAPITRE TROISIÈME

Où l'on découvre que les tragédies de Shakespeare sont des hécatombes.

Le grand conseil du répétiteur pour se faire l'oreille et engranger du vocabulaire était d'aller au théâtre aussi souvent que possible. Voltaire prit un abonnement au Drury Lane Theater, qui n'était pas loin, où l'on jouait tous les soirs du Shakespeare, cet auteur destiné à servir de manuel aux élèves.

C'était une vaste et belle salle rectangulaire où l'on se tenait debout au parterre ou assis sur plusieurs étages de loges de face ou de côté. Les plus recherchées étaient situées de part et d'autre de la scène : on y voyait les acteurs de profil, mais l'éclairage de la rampe permettait au reste du public de vous admirer aussi commodément que les comédiens. Pour cinq shillings, on pouvait exhiber sa toilette, ses accessoires à la mode, ses bijoux rutilants. Un bataillon de laquais retenaient les places pour leurs maîtres avant le début du spectacle.

Par des sourires, des flatteries et un peu de monnaie, l'étudiant convainquit Rufus Chetwood, le souffleur, de lui prêter un exemplaire du texte. Il désirait suivre l'action depuis la fosse d'orchestre, des places un peu chères mais d'où l'on entendait jusqu'aux respirations les plus subtiles. Cette méthode permettait à Voltaire de contourner le grand problème de l'anglais : quand on le lit, on ne sait pas comment cela se prononce, et quand on le parle on ne sait pas comment cela s'écrit. Au lieu de suivre ce qui se passait sur scène, il comparait ce qu'il entendait avec ce qu'il lisait, et répétait certaines phrases à haute voix pour en fixer la prononciation, ce qui n'était pas pour ravir les acteurs ni les spectateurs assis aux alentours. Il faisait aussi des annotations, penché sur son papier. « C'est mauvais, c'est très mauvais. »

– Que faites-vous donc ? demanda son voisin.

– Je note des idées pour refaire tout ça comme il faut.

Richard III allait s'appeler « connétable de Bourbon » et apprendre à faire la révérence à la française.

Sa préférence allait à Mrs Oldfield, une grande brune dotée d'une diction aussi parfaite que sa poitrine, mais dont la beauté nuisait à la concentration de l'écrivain : quand elle paraissait, il avait la faiblesse de la regarder au lieu de l'écouter.

Les Anglaises ne parlaient pas aux messieurs qui ne leur avaient point été présentés, afin de ne pas les encourager à tenter de les séduire. Depuis qu'il était à Londres, Voltaire comprenait mieux cette affluence de Britanniques à Paris.

L'un des acteurs portait un chapeau orné d'une plume de paon albinos qui s'agitait devant le nez de Richard III chaque fois qu'il s'adressait à lui d'un peu près. Cette attitude suscitait l'irritation de l'usurpateur, déjà peu connu pour sa patience et sa mansuétude. « Je ne vois pas que le duc de Clarence termine bien la soirée », se dit le réviseur de Shakespeare.

Quand la représentation fut finie, il salua les personnes autour de lui comme il venait d'apprendre à le faire :

– Voilà fini l'hiver de notre déplaisir, bien le bonsoir.

Il rendit son livret au souffleur, très surpris de le trouver agrémenté de notes en français qui disaient « à améliorer » ou « à biffer ». Puis il s'en fut en coulisses féliciter la belle Mrs Oldfield et voir si elle avait du goût pour les écrivains français à bouclettes. Il s'était préparé à l'appeler « my sweet girl » et à lui faire découvrir l'art du baisemain qui remonte le long du bras.

– Vous vous prenez pour le Roi Lear ? lui répondit un machiniste qu'il avait prié de lui indiquer la loge de « my sweet girl ».

S'étant perdu parmi les cintres, il buta sur un obstacle

négligemment abandonné par quelque malotru de la maintenance. C'était mou. Il décrocha un lumignon du corridor et l'approcha. Il avait sous les yeux les vêtements du duc de Clarence, le chapeau du duc de Clarence, les souliers du duc de Clarence, et à l'intérieur le duc de Clarence lui-même, en tout cas l'acteur qui avait tenu ce rôle.

Une ombre bougea dans la ténèbre. En scrutant attentivement, on discernait la silhouette d'un inconnu masqué, coiffé d'un casque en métal gris.

– Arrêtez ce hallebardier ! cria Voltaire.

Le suspect sauta par-dessus le corps inerte au risque de renverser le corps vivant et fila dans le couloir encombré de costumes et d'armes factices. Les cris de gargouille qui sortaient de ce recoin attirèrent les employés chargés d'artefacts et les comédiens à demi démaquillés. Ils découvrirent ce spectacle lamentable de leur collègue étendu par terre et d'un Français qui le palpait ici et là.

– Qui a fait cela ? demanda celui qui avait incarné Richard III, tout vêtu de noir et accablé d'une fausse bosse.

– Je croyais que c'était vous, répondit Voltaire. A la fin du Ier acte.

Clarence, alias Timothy Merriman, avait été étranglé avec la courroie de son épée en bois peint. Si cet homme n'était pas mort, il était le meilleur comédien d'Angleterre.

– La vie est une ombre qui marche, un pauvre acteur qui se pavane et se trémousse une heure en scène, puis qu'on cesse d'entendre.

– *Macbeth*, commentèrent en chœur les comédiens.

L'un d'eux ramassa le chapeau et le posa sur le ventre de leur camarade inerte. Voltaire nota que le plumet si gênant pendant la représentation avait disparu. Qui avait pu profiter d'un meurtre pour dérober un colifichet, si élégant fût-il ? Ce vol d'un article de mode était-il le mobile du crime ? Ainsi donc, en Angleterre aussi on pouvait périr à cause de sa plume !

Les forces de l'ordre s'annoncèrent avec une discrétion qui les caractérisait également des deux côtés de la Manche.

– Que personne ne sorte ! cria une voix rogue. Tous les témoins au foyer pour interrogatoire ! Et en silence !

Voltaire ne se sentait pas une assez grande maîtrise de la langue anglaise pour soutenir un interrogatoire, il n'était pas non plus très sûr des bonnes intentions des autorités envers les écrivains français et n'avait pas envie de passer la nuit au poste : il avait vu les *coffee-houses*, il ne tenait pas à visiter les cellules. Ces messieurs et demoiselles de la troupe seraient bien assez nombreux pour expliquer qu'ils n'y étaient pour rien. Il suivit les costumes de scène qu'on emportait vers leurs cintres et se glissa dehors par la sortie des artistes, une dénomination qui s'appliquait tout à fait à sa personne.

CHAPITRE QUATRIÈME

Où Voltaire peaufine sa connaissance du meurtre à l'anglaise.

Voltaire regagna la White Peruke en remâchant les événements de la soirée : l'assassinat de l'art théâtral par ce diable de Shakespeare et celui du duc de Clarence par un hallebardier masqué. La pièce était déjà assez pleine d'horreurs en tous genres pour n'en point rajouter après la chute du rideau. La vie était vraiment une histoire pleine de bruit et de fureur contée par un idiot.

Il gravit l'escalier de l'auberge à la lueur de la lune. Cela ronflait à tous les étages, il avait hâte d'en faire de même. Hélas, il venait à peine d'enfiler sa nuisette qu'on appelait au secours. « Allons bon », se dit-il. Peut-être aurait-il mieux fait de chercher l'exil philosophique chez les cavaliers des steppes qui attendrissaient leur viande sous la selle de leur monture, on ne pouvait s'y entretuer davantage qu'ici.

Une bougie à la main, des silhouettes en chemise et en bonnet de coton convergeaient vers le palier du second, où un monsieur tout habillé s'arrachait les cheveux avec des démonstrations de douleur dignes de la veuve Lancastre dans la pièce de tout à l'heure.

– Molly s'est tuée ! clamait-il au milieu de ses sanglots.

Voltaire jeta un œil à l'intérieur de la chambre : des murs badigeonnés, une table de toilette agrémentée d'un petit miroir, une fenêtre obturée par des volets en bois, un lit à rideaux avec une dame en travers, retenue à l'un des montants par une corde improvisée. Il n'était pas douteux qu'elle était trépassée par la raison du resserrement d'un drap saucissonné autour de son cou. Nonobstant le cramoisi du visage causé par l'étouffement, Molly devait avoir été une belle jeune femme d'environ trente ans dans la pleine maturité de ses charmes, comme en témoignait un sein plantureux échappé de son corsage.

– Nous sommes pour les dieux ce que les mouches sont pour les enfants : ils nous tuent pour s'amuser, déclara le roi Lear en bonnet à pompon.

Il prit la main de la morte. L'un des doigts était glissant, il semblait enduit de savon. En faisant le tour de la pièce, il heurta la cruche de toilette en étain et, comme il le rattrapait in extremis, il entendit le curieux son d'un « ding ding ». Il ouvrit la fenêtre et ordonna aux gens qui étaient en bas, des porteurs d'eau et des employés des réverbères qui travaillaient la nuit, d'aller voir un peu aux alentours s'ils n'y rencontreraient pas un homme habillé de vêtements sombres et élimés avec un gros sac à l'épaule.

L'aubergiste entra bientôt dans la chambre avec le *parish constable*, sorte de policier bénévole élu par les paroissiens. Le *constable* portait un de ces chapeaux en pot de fleurs renversé dont la sobriété était tout juste égayée par un ruban gris à large bande. Son habit anthracite aurait pu le faire prendre pour un homme d'Eglise partout ailleurs qu'en Angleterre, où pareille tenue le différenciait peu de la population, ce qui avait de quoi navrer tous les esthètes amateurs de belle vêture. C'était un petit homme pâle, plus tout jeune, dont ni la carrure ni les grands yeux craintifs n'étaient propres à effrayer les délinquants qu'il était censé tenir à l'écart de la paroisse. Il sentait la bière.

De toute évidence, Molly s'était étranglée volontairement avec les draps. Le veuf se sentit mal, on réclama un alcool fort, il désigna un meuble dont on retira une bouteille de vieux whisky.

– Mais pourquoi s'est-elle tuée ? demanda une cliente de l'auberge qui avait des papillotes plein les cheveux. Molly était jeune, belle et plutôt riche !

– C'est le vent d'est, répondit l'aubergiste sur un ton de fatalité que sa clientèle approuva du menton.

Voltaire vit que leur flegme permettait à ces Britanniques de prendre toutes les nouvelles avec la même absence de réaction. L'ambition de les dérider semblait un Himalaya.

– Je n'ai pas l'heur de vous connaître, dit le *parish constable* au veuf éploré. Etes-vous de passage ?

Le malheureux mari se nommait Jasper Cumberbatch, d'Aberystwyth au Pays de Galles. Molly et lui étaient à Londres pour la foire du cochon gallois, ils possédaient un élevage, n'avaient pas d'enfant mais cinq cents têtes de porcs qui leur donnaient bien des satisfactions.

Voltaire était fatigué de tous ces drames, c'était la vingtième personne qu'il perdait ce soir-là, en comptant Richard III et la famille d'York au complet. Après la tragédie élisabéthaine, il manquait de courage pour assister à une comédie intitulée *Meurtre à l'auberge*. Il était sur le point de retourner se coucher, quitte à devoir enfoncer de la mie de pain mal cuit dans ses oreilles, quand un nouveau venu se présenta.

Il s'agissait d'Earnest Moncrief, under-marshal au service de Sa Majesté Très Gracieuse. Voltaire admira une fois de plus la politesse de ces gens. En France, les représentants de l'ordre se contentaient de crier « Police ! » juste avant de courir après les suspects, les témoins accidentels ou les simples passants qui aimaient mieux s'enfuir que de s'expliquer sur leur présence.

M. Moncrief examina les lieux et les circonstances du drame.

– C'est le suicide le plus criminel que j'aie vu de longtemps, conclut-il.

Il ne voyait pas comment cette femme aurait pu nouer ce drap derrière son cou, il aurait fallu des bras de poulpe.

– N'y avait-il pas ici un miroir à main en argent ? demanda la cliente aux papillotes.

Le miroir manquait, de même que plusieurs petits objets précieux. A observer la porte de plus près, l'under-marshal vit que la serrure avait été forcée de l'extérieur à l'aide d'un instrument métallique tel qu'en utilisaient les cambrioleurs professionnels.

– Mais dites donc, elle est très mal surveillée, votre auberge ! dit-il au propriétaire.

Chacun courut chez lui fermer sa porte à clé avant de revenir entendre la suite du feuilleton populaire.

– Nous avons eu une recrudescence de vols, ces temps-ci, indiqua le *parish constable* bénévole alcoolisé.

Le mari exigea du policier qu'il interpelle sur le champ, traduise en justice et fasse pendre au gibet le plus proche le cambrioleur qui l'avait privé de sa chère Molly. L'under-marshal s'apprêtait à prendre des mesures en ce sens quand des cris leur parvinrent depuis la rue.

Les travailleurs de nuit alertés par Voltaire avaient pincé à l'autre bout du quartier un louche individu chargé d'un ballot rempli d'effets. On fit monter le sac, qui était rempli de pièces à conviction, dont le fameux miroir à main en argent.

– Reconnaissez-vous ces objets ? demanda Mister Moncrief.

– Je ne sais pas, dit le veuf, on n'y voit rien, revenez quand il fera jour.

La cliente s'écria qu'elle reconnaissait parfaitement la vaisselle d'étain et les bijoux : la veille encore cette pauvre Molly portait ce pendentif et ces breloques à son cou désormais déformé.

– C'est lui ! cria-t-elle par la fenêtre aux ouvriers qui attendaient en bas. Pendez-le à la lanterne !

Moncrief leur interdit d'en rien faire. On dut emporter le mari, qui ne tenait plus sur ses jambes. La peine le submergeait, et aussi le vieux whisky. Quand la chambre fut moins populeuse, le policier s'intéressa au petit bonhomme qui inspectait les montants du lit à l'aide d'une loupe.

– Et vous êtes ?

– Comte de Perrault, voyageur français.

– Je vois qu'il est arrivé malheur à Cendrillon, dit l'under-marshal dans un français élégamment teinté de l'accent local.

Voltaire constata avec regret que ce policier avait des lettres ; la culture était néfaste à l'incognito de la philosophie ambulante.

– Pouvez-vous témoigner de quelque chose ? demanda le lecteur de *Ma Mère l'Oie.*

– Je peux témoigner du fait que votre cambrioleur est innocent du meurtre, répondit l'enquêteur en chaussons.

Il ferma la porte pour n'être pas dérangé par les pieds, les langues et les oreilles qui vaguaient dans l'établissement.

Cela fait, il montra à Moncrief une lettre d'achat de têtes de bétail adressée à madame et non à monsieur. Par ailleurs, il avait constaté, ainsi que le policier, que Molly n'avait pu mettre fin à ses jours de cette manière par la raison du nœud impossible à faire de dos. L'état de la porte et la disparition d'objets que les femmes ont toujours avec elles en voyage lui avaient suggéré de lancer la recherche d'un cambrioleur. Nombre d'indices étaient troublants : outre la richesse de l'épouse, le fait que le mari sortait seul et rentrait tard suggérait une mésentente. Ce mariage qui battait de l'aile risquait de mal finir pour un homme qui aimait profiter de l'argent de sa moitié. L'écrivain reconstitua les événements tels qu'il les imaginait. De retour chez lui, Mr Cum-chose avait constaté le cambriolage. Sa femme, ne s'était rendu compte de rien, elle dormait paisiblement. Il avait saisi l'occasion de donner un tour permanent à ce sommeil et l'avait étranglée avec les draps. Puis il avait mis en scène le prétendu suicide. Si le meurtre était démontré, il pouvait toujours le rejeter sur le compte d'un cambrioleur insaisissable. Mais voilà, grain de sable : un homme habile qui logeait au-dessus avait compris trop tôt qu'il y avait eu cambriolage, le voleur avait été saisi.

Pour prouver son hypothèse, Voltaire souleva la cruche en étain qui faisait « ding ding », il la renversa dans sa main et en retira une bague montée d'un diamant. Le cambrioleur n'aurait pas pu la retirer sans réveiller Molly, l'absence de la bague semblait donc prouver que cet homme avait tué sa victime pour la voler. Mais la bague était ici, dans ce récipient. Cela voulait dire que le mari, rentrant chez lui et installant la scène du meurtre, s'était aperçu que l'objet le plus coûteux était toujours là, au doigt de sa femme, ce qui n'était pas logique : pourquoi le voleur l'aurait-il laissée après avoir étranglé la malheureuse ? Il avait donc ôté lui-même la bague avec du savon – Molly avait l'annulaire savonné – et avait dissimulé le bijou dans un endroit commode où il pourrait la reprendre pour la vendre. Cette bague était la preuve de sa culpabilité et de l'innocence du cambrioleur. Affaire résolue.

Le silence du policier ne permettait pas de deviner s'il était admiratif ou juste ébahi. Voltaire baissa la voix pour ajouter en confidence :

– Puisque vous êtes seul pour maîtriser cette brute, le mieux serait de l'attirer à l'écart sous un prétexte, nous l'assommerons par derrière pour éviter qu'il ne s'enfuie ou qu'il ne s'en prenne à vous.

– Laissez-moi faire, répondit l'under-marshal.

Il rouvrit la porte et s'avança calmement au-devant du veuf qu'on avait fait asseoir sur une chaise et qui terminait son whisky. Les clients de l'auberge lui prodiguaient des consolations et l'exhortaient au courage.

– Au nom de Sa Gracieuse Majesté, dit Moncrief, je vous prie de bien vouloir me suivre à la prison de la Fleet, où vous serez détenu sous l'inculpation du meurtre de votre épouse, Mrs Molly Cumberbatch.

La sagacité de l'enquêteur philosophique n'était pas allée jusqu'à lui faire deviner les mœurs insulaires. Contre toute attente, l'interpellé se laissa conduire, la main du policier sur son épaule, plus docilement qu'un mouton à qui l'on passe un licou dans une prairie du Shetland. Voltaire fut ébaubi de voir ce que pouvait le respect de la loi dans un pays où régnait l'équité. Ce soir-là, la France ne lui manqua pas du tout.

CHAPITRE CINQUIÈME

Où Voltaire trouve un emploi du côté de Scotland Yard.

Au matin d'une nuit si agitée, un penseur brillant avait besoin de calme pour remettre de l'ordre dans ses esprits. Aussi Voltaire sursauta-t-il désagréablement lorsqu'une voix de stentor retentit dans la cage d'escalier depuis le rez-de-chaussée de la White Peruke.

– Un visiteur pour Mister Poirot ! annonça l'aubergiste avec une distinction pas du tout irréprochable.

– Perrault ! C'est « Hercule de Perrault » ! Croit-on qu'il me viendrait à l'esprit de m'affubler d'un nom ridicule ? s'exclama Voltaire.

Après qu'on eut toqué poliment à la porte, Earnest Moncrief entra dans la chambre, ôta son chapeau en feutre et salua le monsieur assis contre trois oreillers qui tenait une tartine dans une main et une tasse de chicorée dans l'autre.

– Qu'est-ce qui leur prend de me donner des noms de légumes ?

– Il aura confondu Poirot avec Voltaire, Sir.

L'under-marshal avait pris ses renseignements, l'anonymat à base de contes de fées n'avait pas tenu longtemps face à l'efficacité des enquêteurs britanniques.

– Notre service a beaucoup d'intelligence, dit Mister Moncrief.

On lui avait montré une note de leur ambassadeur à Paris au sujet de certain écrivain battu, embastillé, expédié exercer sa nuisance chez les sujets de sa Gracieuse Majesté. Ce rapport avait descendu tous les échelons de l'administration depuis le bureau du Lord Foreign Secretary jusqu'aux plus petites officines chargées de maintenir la paix dans Londres.

– On y dit grand bien de vous, affirma le policier à propos d'un document intitulé « crapule à serrer de près ». Vous êtes présenté comme odieux à la cour de France, adversaire de la féodalité, ennemi de l'Eglise catholique, destructeur de la société française, cela nous va droit au cœur.

Par ailleurs cette rapidité à élucider l'énigme de la bague et du savon l'avait impressionné, surtout de la part d'un Français.

Tandis que celui-ci enfilait une culotte et un pourpoint par-dessus sa chemise, le visiteur lui proposa de compenser par quelque travail aisé les pertes financières occasionnées par son exil. Il pourrait lui rendre de ces services pour lesquels les gens de lettres du continents étaient fameux : il s'agirait d'espionner des honnêtes gens, de juger son prochain, de le dénigrer, voire de le dénoncer pour l'exposer à subir le châtiment de ses erreurs. Moncrief avait sur les bras une enquête compliquée dont il peinait à dénouer les fils.

– J'ai l'habitude des assassins, admit le philosophe en échangeant son bonnet de nuit pour une perruque en vrais cheveux grâce à laquelle on était coiffé avec élégance en un clin d'œil. A Paris, j'ai moi-même été à demi assassiné par le chevalier de Rohan, ce rustre. Vous en aurez lu le compte-rendu dans la presse, sans doute ?

– Comment vous êtes-vous défendu ? demanda Moncrief, qui ne lisait pas les pages « nouvelles amusantes du continent ».

– Oh, c'est un homme fini. Je l'ai pourfendu de mon ironie, j'ai martelé son nom, j'ai étouffé sa réputation, il ne s'en relèvera pas.

– Espérons que cela fonctionnera aussi sur mon malfaiteur, dit Moncrief.

Il proposa à sa recrue de l'accompagner chez lui, le lieu le plus sûr qu'il connaissait depuis la Tour de Londres jusqu'à la cathédrale Saint-Paul. Les discours qu'il avait à lui tenir ne devaient pas être prononcés à portée des oreilles indiscrètes.

– Celles de votre police secrète ? supposa Voltaire comme ils franchissaient le seuil de l'auberge.

– Non, celles des petits curieux. Sa Gracieuse Majesté n'a pas de police secrète.

Ils longèrent une palissade qui fermait un terre-plein dénudé. A l'entrée était plantée une pancarte sur laquelle on pouvait lire : « Scotland Yard, terrain à bâtir »

Earnest Moncrief introduisit son nouvel assistant dans un intérieur anglais composé de pièces trop étroites qu'on avait garnies de meubles trop grands. Ils étaient cossus et couverts de napperons en broderie à fronces parfaits pour orner les jupons d'une demoiselle. Aux murs avaient été pendues de petites vues champêtres du Kent, et dans tous les coins on avait distribué des babioles en céramique de couleurs acidulées dont certaines portaient l'inscription « Souvenir de Bath » ou « Prix de la plus belle rose aux floralies de Bedford ».

– Voilà donc l'appartement viril d'un célibataire anglais, dit Voltaire en manipulant l'une de ces cochonneries délicates sous l'œil du collectionneur, inquiet de voir ses trésors aux mains de l'envahisseur ostrogoth.

Ce dernier avisa un large fauteuil rembourré de partout et s'y laissa tomber.

– Ah ! On est bien, là ! Mieux que dans mon fauteuil à moi !

– C'est un chippendale, indiqua le propriétaire, tandis que l'invité frottait sa grosse perruque en vieux cheveux contre le protège-appui-tête et dérangeait les protège-bras avec le rabat de ses manches à boutons.

Le summum du « comfort », ce concept anglais inconnu en France, attendait le visiteur dans le cabinet de toilette. L'eau courante jaillissait de la tuyauterie pour tomber dans une bassine percée d'un trou. Contrairement à Paris, les robinets ne figuraient pas seulement sur la fontaine de la cour, il y en avait dans les étages !

– *It's a tap*, précisa Moncrief en actionnant la mollette pour couper le flux.

– Je vais me taper un verre d'eau ! déclara l'écrivain avec un enthousiasme très net pour la technique moderne.

Même Versailles ne disposait pas de telles installations, ou alors elles n'existaient que dans les appartements royaux qu'il n'avait pas été admis à visiter.

Moncrief était plutôt un homme de haute taille, avec un grand front percé d'une paire d'yeux vifs, marron, sous des sourcils en accent circonflexe, chez qui se devinait de l'intelligence, de la vivacité d'esprit, de la curiosité et une pointe d'ironie qui donnait son intérêt à tout le reste. Il portait un habit cramoisi rehaussé de fil rouge sombre et des dentelles de manches et de cravate juste assez amples pour dire l'homme de goût sans laisser supposer qu'il se haussait au-dessus de sa place, qui était de servir plus souvent qu'il n'était servi.

Le policier orienta la conversation vers un sujet moins lié aux spécialités locales que son invité découvrait comme un enfant chez un marchand de toupies. Il avait à résoudre une série d'assassinats qui défrayait la chronique. La liberté de la presse n'était pas toujours une bénédiction, il existait ici une opinion publique qui faisait pression sur les membres des Communes pour réclamer des comptes au gouvernement.

– N'y avait-il pas sur les lieux de ces meurtres une plume de paon ? demanda l'écrivain en tâtant l'épaisseur des coussins de son fauteuil chippendale.

– Vous êtes un magicien ! déclara le policier, bien que le mot « sorcier » lui fût venu à l'esprit en premier.

Le seul détail bizarre que Voltaire avait remarqué au théâtre de Drury Lane, le soir de l'assassinat du comédien Merriman, c'était l'apparition-disparition de la plume d'une longueur et d'une couleur extravagantes qui ornait son couvre-chef. On ne voyait que ça, puis on ne l'avait plus vu du tout. Entre les deux, un meurtre avait été commis.

– Comment pouvez-vous remarquer un détail qui a échappé à tout le monde ? s'étonna le détective professionnel.

– Mon cher, c'est par l'effet d'une pensée bien construite et toujours en alerte, répondit le philosophe en se mirant dans le poli d'un sucrier en argent.

Le policier ouvrit le carnet dans lequel il consignait les indices ou détails notables et trouva en effet mention d'un plumet dans chacun des meurtres en question.

– Le coupable est donc le paon, conclut Voltaire. A combien se montent mes émoluments ?

Le policier désirait qu'on lui trouvât un coupable un peu moins emplumé qu'une pintade décorative. C'était essentiel s'il voulait continuer d'être payé par ses supérieurs.

Voltaire s'étonna d'apprendre qu'ils n'avaient pas, à Londres, un corps de police régulier rétribué par l'Etat. Moncrief leva les mains au ciel.

– Vous voulez dire des imbéciles prétentieux à qui le roi donnerait le droit de tourmenter les braves gens ? Heureusement non !

Voltaire vit que son interlocuteur avait entendu parler du lieutenant général René Hérault.

– J'ai un emploi rémunéré à vous offrir, dit Moncrief.

Voltaire n'acceptait pas d'emploi, c'était une résolution qu'il avait adoptée depuis que son père l'avait fait incarcérer dans l'étude d'un notaire à l'âge de dix-neuf ans avec l'idée d'en faire un gratte-papier.

– Vous seriez en quelque sorte mon *thief-taker*, expliqua le policier. Ce sont des hommes chargés de résoudre les affaires criminelles en échange d'une gratification.

Voltaire s'extasia de découvrir un métier qui n'existait pas du tout chez lui.

– Un corps de détectives privés, en quelque sorte ?

– Plutôt des chasseurs de prime, *I would say*.

Le philosophe se demanda si cette carrière au service du bien dans la lutte contre le mal paierait mieux que la littéraire, qui ne lui rapportait plus rien. Moncrief se faisait fort de lui obtenir un don sur la cassette du roi George en tant qu'« écrivain français qui contrarie Louis XV », ils avaient un budget pour cela. Voltaire désirait aussi recevoir de menus avantages en nature :

– Vous allez me dire qui sont les policiers chargés de me filer et quel est leur nombre.

Le policier parut étonné.

– Mais je ne crois pas qu'il y en ait.

– Comment ! On ne m'estime pas assez important pour m'espionner ?

Sa renommée n'était donc pas assez vaste pour franchir les frontières ? C'était injurieux.

– C'est que, dans notre royaume, on n'espionne pas les gens sans raison. Notre gouvernement préfère leur faire confiance jusqu'à ce qu'ils aient commis un crime.

« Quel drôle de pays », songea Voltaire, dont toutes les habitudes étaient bouleversées. Une seconde hypothèse agréable persistait.

– Mais alors qui me suit ? Des admirateurs secrets ?

Earnest Moncrief eut une expression désolée.

– Ou des voleurs qui souhaitaient détrousser un étranger. Tous mes compatriotes ne sont pas des parangons de bonne éducation, savez-vous.

« Parangon » sonna joliment aux oreilles de l'écrivain. Voilà un policier qui avait du vocabulaire. Où avait-il appris la langue des philosophes ?

– C'est un peu pour cela que j'ai fait appel à vous, lui confia Moncrief.

Il avait reçu un coup sur la tête.

– Comment ? Vous aussi ? s'exclama le rescapé des bastonnades. Venez que je vous embrasse, mon frère ! Il se rit des plaies celui qui n'a jamais été blessé !

– Je vois que vous connaissez *Roméo et Juliette*, dit Moncrief en concédant à ce léchouilleur du continent une accolade qui heurtait son sens de la pudeur.

Le policier avait été assommé au cours d'une arrestation,

il s'était réveillé partiellement amnésique, ce qui n'aidait pas à renouer le fil de ses enquêtes. En outre, il ne souhaitait pas que cette faiblesse s'ébruite, il perdrait sa place. Depuis un moment, il cherchait le moyen de profiter d'une aide extérieure discrète, efficace et insoupçonnable.

– Ne vous inquiétez pas, dit Voltaire, je suis une tombe. Avec moi, les secrets des autres sont en sûreté.

Toute une kyrielle de publications scandaleuses venait de s'enfouir dans les oubliettes de sa mémoire.

Moncrief avait besoin d'un assistant brillant et passe-partout, susceptible de s'introduire dans tous les milieux et étranger à l'*establishment*. Un Français serait parfait : jamais aucun Britannique n'ajouterait foi à ce qu'il pourrait dire, cela faisait trois siècles, depuis le bûcher de Jeanne d'Arc, que leur entente n'était plus cordiale.

Au lendemain du coup sur la tête, Moncrief portait une grosse bosse à l'arrière du crâne et s'exprimait dans un français parfait qu'il ne se rappelait pas avoir appris. Bien sûr, ce phénomène avait été considéré par son entourage comme un signe de possession démoniaque.

– Oui, dit Voltaire. Vous êtes possédé par Vaugelas.

Depuis lors, le policier tâchait de dissimuler son amnésie et sa maîtrise d'une langue honnie, double punition.

– Celui qui souffre seul souffre surtout de l'esprit, dit Voltaire.

Moncrief se réjouit de voir qu'il avait désormais le roi Lear à son service.

– Excusez-moi, je dois filer, dit ce dernier, j'ai *Othello*, cet après-midi.

– Filez, filez.

Son employeur était impatient de voir de quelles citations bizarres sa conversation s'émaillerait à son retour.

CHAPITRE SIXIÈME

Où Voltaire découvre que l'assassin est une carotte.

Voltaire retourna chez Moncrief par une belle matinée anglaise où il ne pleuvait qu'à verse. La pluie faisait briller toutes les surfaces comme un vernis, le ciel gris mettait en valeur les façades de brique rose ou peinturlurées de teintes pastel qui auraient été parfaites pour des bonbons.

Par une succession de leviers digne d'un mécanisme d'horlogerie pour montres populaires, son bienfaiteur avait obtenu du roi cent guinées à titre d'encouragement aux auteurs qui fâchaient le roi de France.

– Si j'avais su, dit le bénéficiaire en empilant ses pièces d'or pour mieux les compter, je l'aurais fâché deux fois plus !

C'était à peu près la somme que lui avait abandonnée le père de son banquier véreux, il y avait apparemment un tarif pour les écrivains en déroute.

L'enquête reprenait immédiatement, il était temps de montrer au commanditaire que l'on méritait ses bontés. Le policier avait reçu le matin-même une lettre anonyme qui lui annonçait un meurtre dans un quartier éloigné. Le penseur tira de cette information deux conclusions : d'une part les postes londoniennes acheminaient les écrits avec célérité (bonne nouvelle), d'autre part la police tenait compte des messages anonymes (mauvaise nouvelle). Un tel système permettait de dénigrer les écrivains à la vitesse d'un cheval au galop, c'était plus vite qu'un carrosse en route vers l'exil, ce principe compromettrait l'exercice de la pensée telle qu'on la concevait en France. L'équilibre reposait sur la rapidité des auteurs à s'enfuir et sur la paresse de la police à consulter les dénonciations, il n'y fallait rien changer. Pour l'heure, les postes parisiennes fonctionnaient mal et les officiers du roi jetaient au feu les lettres anonymes, c'était les deux seules protections dont jouissaient les écrivains contre les tracas judiciaires, tout le progrès de la réflexion moderne reposait là-dessus.

Puisque les policiers anglais n'entraient pas dans ces considérations, ils gagnèrent les lieux excentrés cités par le message. L'attentat devait se produire aux abords du Ranelagh, promenade à la mode, très exactement au Cocoa Tree Chocolate House, l'un des sept cents *coffee-houses* de cette capitale de buveurs d'eau chaude, ou plutôt, dans le cas présent, une « maison à chocolat ». Le rez-de-chaussée de la façade en brique peinte en marron était percé de larges fenêtres arquées à petits carreaux. Voltaire entra dans la petite maison en chocolat.

Chaque coffee-house avait une clientèle attitrée de marchands, de capitaines ou de financiers. Celui-ci était le rendez-vous des « beaux », des jeunes gens à la mode qui déployaient de grands efforts pour faire admirer leur élégance.

– Alors qu'en France il suffit de bien parler pour susciter l'admiration, dit Voltaire en rectifiant le plissé de sa triple épaisseur de dentelles.

La salle était très calme pour un lieu où un meurtre était censé avoir été perpétré depuis peu. Ils demandèrent au patron si un incident quelconque s'était produit depuis l'ouverture. Rien du tout, hormis une dispute sur des broderies passées de mode. Il n'y avait là que des habitués. Le mercredi matin, on avait coutume de discuter des modèles de Paris arrivés le mardi soir.

Ces établissements étaient à la fois le repaire des hommes d'affaires et des fainéants. Quand on devait voir quelqu'un, on demandait plutôt le nom de son café que l'adresse de son logement. On y consommait aussi des liqueurs qu'on ne pouvait trouver bonnes qu'à condition d'y être accoutumé. On y fumait, on y prisait, on y jouait, on y lisait les gazettes et parfois on les écrivait. Les journaux étaient offerts par les journalistes qui trouvaient ici la matière de leurs articles.

Moncrief commanda un grand café bien fort qui convenait à son état présent.

– Vous avez raison, dit Voltaire. Quand on est nerveux, il faut l'être absolument.

Le policier s'assit et observa, il attendait que quelque chose se produise pour justifier son déplacement, et se demandait si l'on n'avait pas tort, parfois, de croire sur parole des billets de dénonciation non signés. Les beaux parlaient d'un des leurs qui était absent ; les absents ont toujours tort, ils alimentent les conversations des présents. Le beau manquant avait laissé des affaires sur sa chaise et tardait à revenir.

De temps à autre, un charlatan entrait pour vendre sa marchandise et ses remèdes miracle, au vif intérêt de Voltaire, à qui l'humidité gâtait les intestins. A un moment, il eut même l'impression de voir une femme déguisée en homme traverser la salle vers la sortie.

Outre le fameux cocoa, un chocolat épais, on servait aussi un café parfait pour vous aider à composer des traités métaphysiques jusqu'au bout de la nuit. Désireux de connaître le nom du fournisseur, Voltaire ouvrit des portes à la recherche des sacs de cette boisson plus efficace que Calliope, la muse de l'éloquence. La réserve était plongée dans la pénombre mais il ne voulut pas réclamer de la lumière, les commerçants se fâchent parfois de voir contourner leur commerce ou fouiner dans leurs stocks. Dans l'obscurité, il tâta quelque chose de mou. Il lâcha l'objet douteux et retourna auprès de Moncrief.

– Alors ? demanda le policier. Vous avez trouvé le nom de ce café à réveiller les morts ?

– Sa réputation dans ce domaine est très surfaite, répondit Voltaire, qui avait pâli.

Il prit la tasse de son employeur et la vida d'un trait.

– J'en ai assez, on s'est moqué de moi, rentrons, dit l'Anglais en se levant de son siège. Le seul crime qui se commet ici, c'est le tarif des boissons.

– Le cadavre est dans l'arrière-boutique, dit Voltaire en reposant la tasse.

Il conduisit l'under-marshal au réduit où gisait le corps du *beau* manquant. Ils ôtèrent le volet d'une lucarne et virent sur le sol une personne vêtue de vêtements très chatoyants, très ajustés et certainement très coûteux. C'était de superbes étoffes, idéales pour habiller les jeunes écervelés superficiels prétentieux et les philosophes.

– Que personne ne sorte ! clama Moncrief. Je veux tout savoir de cet homme ! Son caractère, ses fréquentations, la source de ses revenus !

– Et l'adresse de son tailleur, ajouta Voltaire.

On l'avait étouffé avec une pâte de cocoa. Voltaire en réclama une tasse pour voir si la boisson devait être incriminée. Après avoir goûté aussi les trois sortes de biscuits aux épices, gingembre, cannelle et cumin servis dans la maison, il déclara que le cuisinier était très coupable – le gâteau de carottes, notamment, lui semblait être une arme fatale.

Le policier conduisit immédiatement les interrogatoires d'usage : qui était le mort, avait-il des ennemis, quelqu'un avait-il vu quelque chose ? Qui lui avait écrit pour l'avertir du meurtre ? On l'ignorait. Le mort se nommait Algernon Bunbury.

– C'est un suicide par désespoir, certainement, dit Voltaire, qui s'y connaissait en noms importables.

Mr Bunbury était un médecin des beaux quartiers qui avait empoché récemment une belle somme lors de l'épidémie de variole. Il n'avait pourtant pas la réputation d'être si bon que ça, mais il avait depuis peu des accointances dans la noblesse titrée, il se vantait volontiers d'être protégé par la fine fleur de l'aristocratie. Sa carrière était faite, il en profitait pour se pavaner dans les plus belles soieries, au désespoir de ses compétiteurs dans le domaine du galon et du ruban.

Voltaire voulut savoir quelle était la rapidité exacte des courriers vers le centre-ville.

– Cette lettre contient une erreur dans la concordance des

temps, conclut-il. Elle dit « un meurtre a été commis ce matin », elle devrait dire « un meurtre *sera* commis ce matin ». Lorsqu'elle a été rédigée, ce triste événement n'avait pas encore eu lieu.

Si le meurtre avait été annoncé par anticipation, comment l'auteur du message pouvait-il savoir par avance les conditions précises du forfait ?

– Il n'y a qu'une solution : cette information vous a été révélée par l'assassin en personne.

Algernon Bunbury était arrivé là juste avant eux. Il avait quasiment été tué sous leurs yeux. On s'était joué d'eux, on les avait menés en bateau, on leur avait menti de façon éhontée. Voltaire se demanda si la femme en habits masculins qu'il avait vue n'était pas pour quelque chose dans ce drame.

Le chapeau de Bunbury manquait. Voltaire avait devant lui une série d'autres « beaux » coiffés de couvre-chefs tous plus voyants les uns que les autres. Il demanda aux témoins si l'assassiné arborait un plumet particulier. En effet, Algernon Bunbury leur avait montré ce matin-là un nouveau chapeau…

– Orné d'une superbe plume de paon albinos, compléta le philosophe.

– Vous êtes devin ! s'écrièrent les élégants.

Ils avaient affaire à un Français du genre de Nostradamus.

Moncrief aimait mieux se cantonner à une pratique plus traditionnelle de l'investigation. Qui ce médecin avait-il soigné récemment ? Etait-il entré au service exclusif d'un noble ? Ils trouvèrent sur lui un carnet où figurait le nom de son principal patient de ces dernières semaines, un dénommé Henry St. John.

– Oh non, dit l'under-marshal.

– Oh quoi ? demanda Voltaire.

Les Anglais habitués à suivre la vie des gens importants connaissaient les noms de famille des nobles titrés, de même que les Français pouvaient énumérer les duchés-pairies sans se tromper. Henry St. John était le patronyme de Lord Bolingbroke, une figure majeure de la politique, de la gentry et de l'armée. Si avancés qu'ils fussent, les Britanniques hésitaient à déranger les membres de la haute aristocratie.

– Ah, oui, c'est contrariant, dit Voltaire, qui avait poursuivi le chevalier de Rohan à travers Paris pour le tirer comme un canard.

Moncrief réfléchit. Son assistant aux cent guinées ne travaillait pas officiellement pour Sa Gracieuse Majesté, il ne risquait pas une réprimande pour être allé importuner un puissant personnage, et quelque chose disait au policier que cet écrivain avait une longue habitude dans le domaine de l'enquiquinage de noble. Il chercha une raison que Voltaire pourrait avoir de rendre visite à Bolingbroke.

– Par exemple pour quémander des subsides en faveur d'un émigré nécessiteux… Ou pour lui vendre quelque poème séditieux de votre façon…

– Monsieur ! s'offusqua l'auteur. Je ne suis ni mendiant ni boutiquier !

– Ah, pardonnez-moi.

– Il m'arrive d'offrir à des personnes de qualité l'occasion de réserver par avance des exemplaires de ma prochaine œuvre, ça me permet d'en financer l'édition, mais je n'appelle pas cela « quémander ». J'ai justement mon *Henriade* qui est sous presse.

– Quelle belle méthode ! dit Moncrief. Vous devriez appeler cela du « crowdfunding ». Quel est le sujet de ce texte ?

– La grandeur de la France et de ses rois.

– Mieux vaudrait nous la présenter sous un autre angle si vous souhaitez faire fortune, lui recommanda l'Anglais.

CHAPITRE SEPTIÈME

Où l'on contraint Shakespeare à vendre du Voltaire.

Moncrief commença par dicter à Voltaire le message qu'il convenait d'adresser à Lord Bolingbroke pour obtenir un entretien. Quand ils eurent reçu l'invitation qu'ils espéraient, ils préparèrent l'écrivain à rencontrer le vicomte.

Lord Bolingbroke avait sa résidence dans le quartier de Pall Mall et sa campagne à Dawley dans le Middlesex.

– Ce qui ne veut pas dire « le sexe du milieu », précisa le policier à toutes fins utiles.

– Bien sûr, il n'y a pas de sexe du milieu, dit Voltaire en rajustant devant le miroir ses épais rouleaux de cheveux et le mouvement de ses dentelles.

Ils prirent une chaise pour le trajet afin de préserver l'apparat et d'éviter d'avoir de la boue sur leurs bas blancs.

Henry St. John, 1er vicomte de Bolingbroke, était l'un des architectes du Traité d'Utrecht de 1713 qui avait mis fin à la guerre contre Louis XIV.

– Ah, il connaît la France, il va bien m'accueillir !

– Il la méprise, il a contribué à la rabaisser.

– Encore mieux !

Moncrief escomptait que le vicomte serait amateur de poèmes épiques français. Il avait vécu en exil à La Source, ça lui rappellerait son séjour dans l'Orléanais. Voltaire s'était préparé à tresser les louanges des insulaires protecteurs d'écrivains :

– Terre de liberté ! Terre de tolérance !

Dans ces belles artères, des serviteurs noirs suivaient leurs maîtres avec des paquets. La paix d'Utrecht avait pratiquement garanti à l'Angleterre le monopole de la traite des esclaves entre l'Afrique et les colonies d'Amérique, une grosse satisfaction pour le commerce britannique.

– Ce n'est pas bien, dit Voltaire, c'est un abus à réformer, je vois que tout n'est point parfait.

– Je vous conseille d'aller prêcher l'abolition chez les gens de Bristol qui tirent de là leur richesse. C'est une très jolie ville.

Le quartier de Pall Mall n'était pas mal non plus. La grand-rue était pavée, des lanternes publiques fixées aux murs tous les dix pas, il y avait des promenades pour les piétons comme dans la City et à Westminster.

– Mais qu'est-ce que c'est que ces promontoires ? demanda Voltaire.

– Cela sert à trotter.

– Quelle merveilleuse invention ! Nous devrons absolument importer ces « trottoirs » à Paris dès que nous aurons décidé d'empierrer la chaussée.

Le vicomte habitait une maison cossue dotée d'un porche à colonnes blanches. Moncrief demeura dans la chaise, les vicomtes anglais n'aimaient pas rencontrer des policiers qui n'avaient pas écrit des tragédies à succès.

Si l'extérieur de la résidence était encore assez sobre, l'intérieur était un foisonnement de marbres, de moulures, de meubles précieux et de tableaux. Le vestibule immaculé paraissait digne du naos d'un temple grec, il ne manquait qu'une statue d'Athéna monumentale, on aurait eu la place de l'installer.

– Mister Francis Voltaire, *my Lord*, annonça le *butler* en introduisant le visiteur dans un salon tendu de tissu rose à fleurs.

Lord Bolingbroke accueillit le visiteur à bras ouverts.

– Soyez le bienvenu ! Les ennemis de mes ennemis sont

mes amis, tout comme les amis des ennemis de mes ennemis !

Voltaire se réjouit de voir que Sa Grâce était capable de tenir des raisonnements quasi philosophiques. Il supposa que ces « ennemis » englobaient par tradition les catholiques et le roi de France.

Le 1er vicomte de Bolingbroke avait cette mine un peu dolente et ce teint laiteux que l'on voit souvent aux Anglais, tempérés dans son cas par le port d'une belle perruque poudrée qui avantage toujours. C'était un homme de contradictions, capable de soutenir l'Eglise anglicane malgré un profond dégoût de la religion, ce qui le rendait tout à fait propre à apprécier un philosophe étranger incapable de penser comme tout le monde. En guise de remerciement pour avoir soutenu son accession au trône, George Ier l'avait aussitôt démis de toutes ses charges au profit de ses adversaires. Bolingbroke s'était alors tourné vers le prétendant Stuart, si bien que le roi George lui avait aussi confisqué titres et fortune. Bolingbroke s'était enfui précipitamment de l'autre côté de la Manche sous un déguisement, ce qui créait entre Voltaire et lui un point commun, les coups de bâton en moins.

Pour s'occuper durant son exil, Bolingbroke avait épousé une Française. Il avait finalement acheté son pardon au prix de cent mille livres sterlings, somme faramineuse qu'il avait dû verser à la maîtresse du roi, cette fameuse Allemande qui se pavanait en barque dorée au bras de son cher George. Ce dernier, après avoir condamné à la réclusion la mère de ses enfants, couvrait Lady Kandall de bienfaits extravagants, seigneuries, dignité ducale, châteaux, brillants mariages pour leurs trois filles, et jusqu'au titre de princesse du Saint-Empire que Charles VI n'avait pu lui refuser. Le roi d'Angleterre faisait partie de ces hommes capables d'enfermer leur épouse dans un donjon et d'avantager sans limite sa remplaçante, il ne fallait pas s'y frotter.

Sa douloureuse expérience donnait à Lord Bolingbroke de la curiosité pour les victimes de l'arbitraire.

– Pour quel motif aviez-vous été incarcéré, la première fois ? demanda-t-il au proscrit.

– Pour rien ! déclara Voltaire. Je n'avais rien fait ! On m'avait attribué un méchant libelle un peu caustique sur les orgies du Régent !

Il avait de nouveaux projets d'écriture moins controversés. A Londres, le théâtre était en vogue, en écrire était un moyen d'être à son aise.

– Je vais composer une tragédie, j'ai choisi le sujet : Brutus. Il sent qu'il va être disgracié par Jules César, alors il le tue avant d'être envoyé en exil de l'autre côté de la mer.

Sa Grâce rappela au dramaturge franco-anglais que Shakespeare avait déjà écrit un *Jules César* très apprécié que l'on jouait encore.

– Oui, mais je vais refaire tout ça en mieux. Avec l'esprit français.

On vit que « l'esprit français » n'allait pas sans quelque prétention.

En attendant de montrer aux spectateurs de Shakespeare ce qu'était une bonne tragédie composée selon les règles, il comptait imprimer à Londres son poème de *La Henriade*, où il faisait l'éloge du roi protestant Henri IV, de la reine anglicane Elisabeth Ière qui avait vaincu l'Invincible Armada, et dans lequel il dénonçait les horreurs de la Saint-Barthélemy, quand de méchants Français s'étaient offert un holocauste d'aimables réformés.

– Quel beau livre ! dit Lord Bolingbroke. Vous ne comptez pas rentrer jamais en France, dites-moi ?

Voltaire répondit que non, surtout si les gens qui l'aimaient ici soutenaient sa souscription. C'était une guinée la pièce.

– J'en prendrai trois, annonça le vicomte avec une prudence qui n'accommodait pas le représentant de la littérature en gros.

– Il y a de l'avarice dans l'amour qui se laisse mesurer, récita le négociateur, qui savait se servir de Shakespeare quand son bifteck était en jeu.

Antoine et Cléopâtre firent monter la commande à cinq

exemplaires, aussitôt accompagnée de cinq belles guinées bien dorées.

Moncrief, qui patientait à la sortie, voulut savoir ce que son agent avait pensé de la noblesse anglaise.

– Il n'y a pas plus ancienne noblesse que les cultivateurs, les piocheurs et les fossoyeurs, répondit Voltaire : c'était le métier d'Adam.

– C'est de vous ? demanda l'under-marshal.

– Non, c'est de votre héros, là, Shakespeare.

– Alors ? demanda le policier au nouveau Hamlet. Que vous a-t-il dit, le vicomte ?

– A quel sujet, mon ami ?

– Sur notre enquête, voyons ! Bunbury ! Son médecin ! La pâte de cocoa !

– Ah, oui, fit Voltaire, qui avait tout oublié dès qu'il avait été question de ses propres écrits. Rien du tout. Il ne sait rien. Ils sont retors, vos vicomtes, n'est-ce pas ?

Earnest Moncrief soupira. Il se demanda s'il n'aurait pas pu se payer un meilleur assistant pour les cent guinées du roi George.

CHAPITRE HUITIÈME

Comment un Indou manqua d'aller ramer sur les galères du Gange.

Le lendemain matin, la douce voix de l'aubergiste Pellon résonna de nouveau dans l'escalier de la White Peruke.

– On demande monsieur Courgette !

Le comte de Perrault bondit de sa chaise, ouvrit la porte de sa chambre pour protester, et tomba nez à nez avec le policier qui montait jusqu'à lui en ricanant.

– C'est infernal ! Je ne suis pas une grosse légume !

– Excusez-moi, dit Moncrief, je n'ai pas pu résister.

Pour se faire pardonner, il lui proposa de venir s'installer chez lui, où il disposait d'une chambre d'ami et où personne, sinon son invité lui-même, ne se permettrait de modifier son nom. Des porteurs attendaient en bas pour emporter ses effets.

La perspective de jouir du « comfort » et de se « taper » autant de verres d'eau qu'il le voudrait sourit à l'exilé. Ils traversèrent le quartier avec les baluchons de vêtements et la malle pleine des livres acquis pour étudier les mœurs en usage dans son pays d'accueil. Le policier poussa la bonté jusqu'à aider son hôte à ranger ses petites affaires dans les meubles adéquats. Un regard négligemment égaré sur certains papiers lui apprit que l'écrivain avait reçu du cardinal qui gouvernait la France l'autorisation de retourner à Paris pour une durée d'au moins trois mois renouvelable. Pourquoi n'en profitait-il pas ?

– Par amour pour vos vertes prairies ! affirma l'exilé

volontaire.

Et puis il tenait ici de meilleures chances de vendre son livre antireligieux, antiféodal, anti-tout.

– Mon attachement pour votre belle nation me retient chez vous !

Il glissa sur les intérêts financiers et littéraires qui l'y retenaient aussi.

Puisque son invité aimait les paysages bucoliques, Moncrief l'emmena en promenade sur les rives de la Tamise où l'appelait son enquête. Voltaire tira de sa poche de quoi noter ses impressions, le policier se réjouit de voir leur belle rivière devenir la source de son inspiration.

– J'écris une nouvelle intitulée *Lettres d'un Turc sur les bords du Gange*, dit le poète.

C'était un texte pour l'édification des Français, toujours si ravis d'apprendre que tout était mieux du côté anglais des choses. Moncrief constata, par-dessus l'épaule du visiteur, que la Tamise s'était plantée de palmiers entre lesquels broutaient des vaches sacrées.

> Lorsque j'étais dans la ville de Bénarès sur le rivage du Gange, ancienne patrie des brahmanes, je tâchai de m'instruire. J'entendais passablement l'indien ; j'écoutais beaucoup et remarquais tout. J'étais logé chez mon correspondant Omri ; c'était le plus digne homme que j'aie jamais connu. Il était de la religion des bramins, j'ai l'honneur d'être musulman : jamais nous n'avons eu une parole plus haute que l'autre au sujet de Mahomet et de Brahma. Nous faisions nos ablutions chacun de notre côté ; nous buvions de la même limonade, nous mangions du même riz, comme deux frères.

– Est-ce moi, « Omri » ? demanda son logeur.

Tout en déambulant le long des berges du Gange, le Turc en perruque poudrée s'enquit de cette amnésie qui lui valait d'assister le meilleur policier du monde. Celui-ci ignorait les circonstances exactes qui la lui avaient causée. Il s'était réveillé à l'hôpital de Bedlam. On l'avait ramassé dans la rue après qu'il eut été attaqué, pensait-on, par les malfrats qu'il poursuivait. Des témoins avaient vu trois personnes s'enfuir. Ce handicap l'empêchait de savoir sur quel crime ou délit il avait enquêté ce jour-là, si même il était là par hasard ou s'il avait reçu un message d'un indicateur. Tout lien avec ses agresseurs était rompu, c'était pour lui une punition pire que la perte de ses souvenirs. Ce coup sur la tête l'avait changé en policier lambda condamné à regretter la disparition d'un talent qu'il ne se rappelait même pas.

Pourtant, la sécurité urbaine était très bien organisée. Des patrouilles saisissaient les délinquants, les *constables* les déclaraient d'arrestation et les présentaient au juge de paix.

– Je vois, dit Voltaire. Mais qui empêche les criminels de nuire ?

– Les simples citoyens. Ils sont priés de répondre présents dès qu'ils entendent quelqu'un crier *Stop thief !*, *Murder !* ou *Fire !*

Voltaire espéra qu'on était en Angleterre plus civique qu'en France, où l'on aurait le temps de périr vingt fois avant de recevoir le secours des témoins.

Par ailleurs, toutes les recherches, dépenses de détention et de comparution étaient à la charge des victimes. Voilà ce que c'était qu'un régime de marchands : on vous y comptait le moindre dérangement. Tandis qu'à Paris, la surveillance des citoyens, les coups de bâton et les séjours en forteresse étaient offerts par le roi.

Dans ces conditions, les sujets de George Ier aimaient mieux payer un *thief-taker* que d'engager des frais sans fin qui ne leur permettaient pas toujours de récupérer leurs biens.

Voltaire chantonnait.

J'ai du bon tabac dans ma tabatiè-reu,
J'ai du bon tabac, *you won't get any !*

Sa chanson le fit remarquer par des Anglais francophobes

qui se souvenaient trop bien d'Hastings, cette catastrophe de l'an 1066, et qui désiraient rejouer la bataille pour voir s'il bouteraient le François hors du royaume.

– *A french dog !* entendirent-ils s'écrier autour d'eux.

On houspilla la grenouille, on la malmena, on allait lui jeter de la boue. Voltaire décida d'appliquer à la foule hostile le discours de Shakespeare prêté à Marc Antoine, qu'il leur tint debout sur une borne.

– Braves Anglais, ne suis-je pas déjà assez malheureux de n'être pas né parmi vous ? leur dit-il dans son anglais élisabéthain de l'an 1600.

S'étant fait acclamer par ceux qui le voulaient battre, il regretta que son éloquence n'ait eu aucun empire sur le chevalier de Rohan. Le policier admira fort les résultats de l'éducation prodiguée par les jésuites de Louis-le-Grand.

– Vous êtes un maître en rhétorique ! Si votre roi avait du bon sens, il vous emploierait à sa diplomatie !

– Oui, je suis très diplomate, admit Voltaire. Dites donc, elle est vilaine, cette cravate que vous avez là.

Sa diplomatie se voyait mieux quand il était menacé du bâton.

Il voulut faire des achats sur le trajet. Désormais, il s'habillerait à l'anglaise et se coifferait d'un chapeau noir en tuyau de poêle à larges bords, retenu sous le menton par un joli cordon noué pour le cas où il ferait du vent ; il se contenterait d'un col blanc simplement rabattu sur un pourpoint boutonné de bas en haut, et de culottes bouffantes serrées sous le genou sur des bas noirs. Moncrief estima qu'il aurait plus de chances d'être pris pour un marchand luthérien venu d'Anvers vendre son drap.

– Pour leurrer le monde, ressemble au monde ; ressemble à l'innocente fleur, mais sois le serpent qu'elle cache ! dit Voltaire.

Macbeth était de bon conseil – au moins jusqu'à ce qu'il devienne fou au troisième acte.

Ils avaient atteint l'un de ces mauvais quartiers de l'est de la ville qui bordaient la Tamise. Moncrief voulait consulter un informateur qui risquait de s'effrayer s'il rencontrait Voltaire.

– Et pourquoi donc ? Ai-je quelque chose d'effrayant ? demanda l'écrivain dans un grand battement de cheveux et d'étoffes.

Le policier répondit que son homme était un malheureux peu accoutumé aux fastes des couturiers pour messieurs raffinés, il fallait ménager sa timidité.

Resté seul, Voltaire contempla le paysage du fleuve, il admira la liberté et la bonne mine des mariniers qui œuvraient en contrebas. Certains d'entre eux attendaient le chaland pour le faire traverser sur leur barque. Ils étaient plus nombreux que les clients, ce n'était pas un métier très fatigant.

C'est aussi ce que semblait penser le pouvoir royal. Il y eut des appels, une fuite éperdue, cela courait dans tous les sens. Des sergents recruteurs exécutaient une rafle au bénéfice de la marine royale, ces matelots allaient œuvrer pour la défense de leur pays et pour les intérêts des armateurs.

– Aujourd'hui, on va tuer du Hollandais ! L'an prochain, qui sait ? Du Français ! Du Prussien ! Du Saxon ! Du Sarde ! Du sauvage des Amériques !

– Prévenez-moi quand vous en serez à combattre les intolérants, dit Voltaire.

Les racoleurs avaient l'autorisation, la mission et le devoir d'enrôler de force les oisifs, les sans-travail, bref tous ceux qui ne pouvaient justifier d'un emploi régulier. L'écrivain leur parut être dans ce cas. Comme il dissimulait autant que possible son accent, on le situait mal. Le sergent lui demanda s'il n'était pas Allemand.

– C'est cela ! dit Voltaire. Baron Thunder-ten-tronckh, de Westphalie !

Les volontaires recevaient une gratification de trois livres. Comme il s'en présentait peu, les recruteurs avaient droit sur tous les vigoureux fainéants, qu'ils enchaînaient. Voltaire protesta qu'il n'était ni l'un ni l'autre, surtout du côté des intestins.

– Chenapans ! s'écria-t-il, la canne dressée, comme on s'emparait de lui d'une main ferme.

Le sergent recherchait des hommes de dix-sept à quarante-cinq ans en bonne santé : on ne voulait pas envoyer des malades se faire tuer, c'était le privilège des bien-portants. On les mettait en chaussettes pour les placer sous la toise, ils ne devaient pas mesurer moins de cinq pieds quatre pouces. Voltaire s'inquiéta.

– Combien cela fait-il, un pied anglais ?

Les sergents étaient rémunérés selon la robustesse, les grands rapportaient davantage. Mais faute de *smashed potatoes* on mange du porridge. Il sembla que le petit bonhomme faisait le compte.

– Comment ! Comment ! s'insurgea l'écrivain. C'est la perruque !

On l'empêcha de se tasser et on abattit la toise dans la masse bouffante de ses cheveux.

– Bon pour aller ramer ! clama le recruteur.

– Non, non, dit Voltaire, je ne suis pas un rameur, je suis un penseur !

Ses qualités intellectuelles n'impressionnaient pas la chiourme. Déjà on mettait les marins à la chaîne, on leur posait des fers aux pieds pour les garder en prison en attendant l'embarquement, de peur qu'ils ne s'enfuient. Voltaire se voyait parti pour ramer sur les galères du roi d'Angleterre quand Moncrief revint en catastrophe avec son informateur.

– Vous ne pouvez pas enrôler monsieur : il est Français !

Cette allégation suscita une grimace de dégoût comme s'il avait révélé que le postulant était lépreux. Les sergents s'empressèrent de lui ôter ses liens, fâchés de s'être laissé refiler du rameur frelaté.

– Vous n'enrôlez pas les étrangers ? s'étonna l'exempté.

– Si, mais pas les Français. Leur mauvais esprit gâte le reste de la troupe. Ils râlent en permanence, à tout propos, rien n'est jamais assez bon, on finit par les jeter à l'eau pour s'en débarrasser, ils ne sont pas une bonne affaire.

Voltaire vit que, décidément, ses compatriotes se bâtissaient une mauvaise réputation chez nos voisins, il était temps de faire aimer la France pour sa cuisine compliquée, sa couture onéreuse et ses traités philosophiques.

Moncrief le ramena en fiacre à la maison afin qu'il récupère de ses émotions. La cohabitation avec les enquêteurs continentaux n'était pas de tout repos. Il ne comprenait pas comment Charles VII avait réussi à bouter l'Anglois hors de France en 1453. Le policier voyait à présent ces mangeurs de grenouilles comme un peuple de bonshommes à bouclettes et de femmes en armure façon Jeanne d'Arc.

Pour remercier son sauveur de lui avoir évité un avenir de galérien, Voltaire décida d'élucider le mystère de sa mémoire enfuie : tous ceux qui avaient reçus des coups devaient s'unir dans la confrérie des bastonnés. Il faudrait songer un jour à adopter des emblèmes ; par exemple, en plus du bâton, une équerre et un compas, symboles de raison et d'équité.

Moncrief laissa Voltaire au salon avec l'homme qu'il était allé chercher dans les quartiers de l'est, il avait des documents à consulter. L'écrivain jugea que cet informateur n'avait pas du tout l'air timide qu'on lui avait décrit. Il était mince, presque sec, avec un physique passe-partout et des yeux qu'il plissait souvent parce qu'il devait être myope, ce qui ne l'empêchait pas d'avoir une tête de furet à moustaches, ni de fureter.

– Vous travaillez pour notre ami commun depuis longtemps ? dit le rescapé des galères.

Il tâcha de savoir ce qui était réellement arrivé au policier. Cet attentat semblait bien réel mais bizarre. Le chapeau de Moncrief n'avait pas été retrouvé. Voltaire se demanda s'il n'avait pas été l'une des victimes désignées par le plumet. Son sauveur était certainement en danger sans en avoir conscience. Mais il avait de la chance dans son malheur : un auteur intrépide était là pour améliorer sa situation ! Il allait étendre sur cet homme les bienfaits merveilleux que la philosophie avait répandus sur sa propre vie ; ces bienfaits qui lui avaient valu d'être dépenaillé, d'avoir presque fini rameur sur un navire de guerre et d'avoir été chassé de son pays natal ; il avait survécu à tout, c'était bien la preuve des mérites de la philosophie.

Moncrief revint avec des papiers qu'il venait de découvrir à l'endroit indiqué par son informateur. Il lui versa la somme promise et, lorsque cet homme fut parti, il expliqua à Voltaire de quoi il retournait.

Un majordome en retraite du nom de Tobias Lane avait été étranglé trois jours avant l'assassinat du comédien au théâtre de Drury Lane. Depuis que Voltaire avait relié tous ces crimes par l'intermédiaire d'un paon albinos, Moncrief avait établi que ce Lane était lui aussi une victime des meurtriers au plumet. L'indicateur qui venait de partir l'avait mis sur la piste du portefeuille du défunt, qui avait été subtilisé par des gens de peu, des mendiants habitués à fureter dans la ruelle où gisait le corps.

Moncrief ouvrit le portefeuille et en retira des papiers. Pas d'argent, bien sûr, mais une carte d'un cercle pour messieurs bien élevés, The Eccentric Club. C'était un lieu où le comte de Perrault pouvait facilement être reçu.

Mais pas ce soir. Voltaire espérait arriver à temps au théâtre pour la deuxième partie de *Jules César*. Il avait manqué l'assassinat, mais ce n'était pas grave, on s'étripait encore davantage pendant la guerre civile du quatrième acte.

Resté seul, Earnest Moncrief garda un moment dans l'oreille l'élocution vieillotte et emphatique de son assistant. Il ne manquait plus à l'écrivain décharné que la collerette, les manches à crevures et les culottes du règne de Jacques Ier. Le spectre de Shakespeare était parmi eux.

CHAPITRE NEUVIÈME

Où Voltaire s'offusque de l'excentricité britannique.

Les gens de police n'étaient pas les bienvenus dans les clubs privés remplis de gens fortunés qui n'aimaient pas être dérangés, interrogés, encore moins soupçonnés pendant leurs loisirs. Ces endroits étaient les refuges des oisifs fortunés, des jouisseurs, des tordus, un écrivain français allait s'y trouver comme un poisson dans l'eau. Restait à sélectionner le membre du club assez large d'esprit pour accepter d'introduire dans leur cénacle un hurluberlu non estampillé « aristocratie britannique » : c'était prendre le risque de voir l'invité se déchausser pour étendre les jambes sur les coussins ou boire le contenu du rince-doigts en argent frappé. Moncrief choisit Lord Peterborough, un homme connu pour son ouverture d'esprit au point de s'être acquis le même genre de réputation qu'un pensionnaire d'asile d'aliénés.

Voltaire s'informa de ce qu'étaient ces clubs où l'on voulait qu'il parût.

– C'est le rendez-vous des hommes entre eux, expliqua le policier.

– Comment l'entendez-vous ? demanda l'écrivain.

– Ce sont des lieux confortables et paisibles dont les femmes sont proscrites.

Autant dire le jardin d'Eden sans Eve pour croquer la pomme.

– Je ne sais pas si je dois aller dans des endroits où les dames ne sont pas admises, elles sont bien utiles, en général.

– Elles peuvent donc entrer dans les cafés de Paris ? s'étonna Moncrief.

– A condition qu'elles sachent le latin ou les mathématiques. Tandis qu'ici vous restez entre brutes.

– Tous les hommes vraiment élégants ont leur club.

– Ah ! Je saurai donc me sacrifier !

Voltaire écrivit un mot au comte de Peterborough pour l'informer qu'un célèbre auteur français désirait lui présenter ses hommages littéraires. Le comte lui adressa une carte de visite où il avait écrit : « Venez me voir à mon club quand vous voudrez. »

Moncrief fit la leçon à son émissaire : il fallait demander au comte quel lien son club pouvait avoir avec les assassinats et s'il connaissait le majordome étranglé.

– Cette opération requiert de la finesse et du doigté.

– Comptez sur moi, répondit Voltaire.

Le policier lui recommanda surtout de ne pas oublier sa mission.

– Pour qui me prenez vous ? s'offusqua l'émissaire.

Afin de l'encourager, son employeur lui montra une guinée du roi d'Angleterre qu'il lui remettrait une fois qu'il aurait accompli le travail. Ultime précaution, il lui adjoignit Edward Higginson, le répétiteur quaker, au prétexte que le comte ne parlait peut-être pas bien français. Ce noble-ci n'avait pas été exilé en France, on ne pouvait attendre de lui qu'il maîtrisât la langue de Molière comme il avait maîtrisé les armées du roi de France du temps où il était officier. Higginson avait en réalité pour mission de rappeler au petit Français qu'on l'envoyait poser des questions indiscrètes sur la victime d'un meurtre, non pour autre chose. Comme l'écrivain s'offusquait de se voir assigner un chaperon, Moncrief répondit qu'Higginson troquerait ses habits noirs pour une veste verte qui lui donnerait la mine d'être son valet de pied, cela fut accepté immédiatement.

The Eccentric Club était dans Chandos Street, à Covent

Garden, une esplanade rectangulaire bordée de maisons dissemblables avec en son milieu une petite église en forme de temple romain. Un grand marché permanent s'y tenait, on y trouvait des légumes à concasser, des céréales à mettre en bouillie, des viandes exsangues et mal coupées, et ce jour-là un écrivain français papillonnant de stand en stand. Higginson montra tout de suite son utilité en redirigeant celui-ci vers le but de leur déplacement.

Le plus bel ornement de l'entrée était un grand Noir qui prenait votre canne et votre chapeau dès que vous aviez montré patte blanche. Voltaire montra la carte de visite du Lord avec le mot manuscrit.

Il lui suffit de poser un pied dans le premier salon pour comprendre pourquoi on filtrait les entrées. Voltaire vit que les Anglais ne mettait pas les fous dans des asiles, ils les mettaient au club des Excentriques, pour peu que leurs rentes les autorisent à payer l'inscription. Ces messieurs ne coûtaient rien à l'Hôpital, au contraire ils dépensaient leur argent en boissons fermentées. Que ce peuple était donc malin ! Il se demanda si l'un de ces hommes avait pour excentricité d'étrangler tous ceux qui portaient un plumet arraché du cul d'un paon.

Le 3e comte de Peterborough était un homme de petite taille vêtu avec la sobriété d'un protestant. Voltaire se réjouit de voir qu'il portait tout de même une perruque longue et bouclée de partout, ce qui s'expliquait par le fait que Lord Peterborough était né en 1658, trente-six années avant l'écrivain qui la portait aussi. On le disait d'une grande indépendance d'esprit, ce qui l'avait desservi à l'armée comme en politique, les deux carrières qu'il avait menées et qui s'étaient conclues aussi lamentablement l'une que l'autre. On murmurait qu'il avait épousé en secret une célèbre chanteuse nommée Anastasia Robinson, beaucoup plus jeune et beaucoup plus jolie que lui. Mrs Robinson venait d'abandonner la scène afin de tenir son rang de comtesse dès que son mari secret aurait fait une croix sur ses dernières prétentions à la respectabilité.

Après les salutations d'usage, profonde révérence du côté du roturier Français, légère inclinaison de la tête du côté du comte anglais, l'écrivain exposa la raison de sa présence à Covent Garden.

– J'ai été chassé de France où règnent les ténèbres.

– Et vous êtes entré chez nous parce qu'il y avait de la lumière ? supposa le comte.

Lord Peterborough avait séjourné à la Tour de Londres, il avait de la curiosité pour les geôles continentales.

– Etes-vous allé à la Bastille ?

– Deux fois, *my Lord !* répondit Voltaire, heureux que son passé de bagnard lui serve de recommandation.

– On y met donc tout le monde ? demanda Peterborough, qui s'inquiétait de voir galvauder les détentions aristocratiques.

– Point du tout, il faut le mériter par quelque talent remarquable qui vous aura fait distinguer. C'est parce que je le vaux bien, dit l'écrivain maudit en faisant voler sa chevelure d'un mouvement gracieux.

Higginson, resté debout, le manteau de son « maître » sur le bras, se pencha pour lui murmurer de ne pas oublier le but de la visite.

– Ah, c'est vrai ! dit l'écrivain. Je devais vous demander quelque chose.

– Quoi donc ?

– Aimez-vous les longs poèmes épiques sur des sujets historiques ?

« La mort du majordome ! » siffla le valet de pied entre ses dents pour rappeler ses promesses à cette cervelle d'oiseau.

Voltaire se résigna à poser des questions sur le majordome en retraite, un certain Tobias Lane.

– Connais pas, dit Peterborough.

– Je vous remercie d'avoir bien voulu me répondre, dit l'écrivain, qui sortait déjà de sa poche un exemplaire publicitaire de son prochain livre, j'espère ne pas vous avoir importuné avec ces bêtises.

– Quoique..., fit le comte. A bien y réfléchir... Il me semble me souvenir... J'ai dû croiser ce domestique dans l'une des maisons où je fréquente.

– Merci, je vous en prie, ne vous torturez pas les méninges, vous en avez déjà assez fait.

Lord Peterborough continuait de fouiller sa mémoire.

– Ce devait être à l'occasion de mon séjour dans le Shropshire…

– Oui, bien, merci encore. Un homme d'une si grande mémoire doit aimer nourrir son esprit de poésie fine et subtile. J'y décris en détail les massacres de la Saint-Barthélemy.

Il avait à vendre sa *Henriade* qui n'existait pas encore. Son interlocuteur avait heureusement de la bonté pour les victimes du féodalisme, on voulait bien s'intéresser aux sévices commis dans d'autres pays, ils aident toujours à fermer les yeux sur ceux qui se commettent chez soi. Voltaire lui prodigua ce regard d'animal mignon et maltraité qui lui était si utile auprès des marquises.

– Quand nous voyons un supérieur partager nos misères, c'est à peine si nos misères semblent nos ennemies, récita-t-il.

Le roi Lear faisait passer le chapeau.

– Une guinée ? dit le comte. Ce n'est pas donné. J'espère que le prix est justifié.

– Rien n'est en soi bon ni mauvais ; tout dépend de ce qu'on en pense, monseigneur.

Lord Peterborough vit que Hamlet s'était recyclé dans le démarchage à domicile.

Voltaire avait apporté un spécimen emprunté à son imprimeur. C'était le livre de quelqu'un d'autre, mais le sien aurait la même allure, avec en plus un beau texte à l'intérieur. Il vanta les qualités que possédait déjà l'objet.

– Trois cents pages. Reliure pleine peau. Tranche dorée à l'or fin. Couverture enluminée. Et, sans augmentation des tarifs, une véritable dédicace de l'auteur signée à la main !

Peterborough ne souhaitait ni piétiner la littérature opprimée, ni passer pour un rapiat.

– Combien faut-il en prendre pour vous plaire ?

– Lord Bolingbroke a souscrit dix exemplaires.

Ce Lord Bolingbroke faisait feu de tout bois depuis qu'il avait acheté son pardon.

– Notez-moi pour une quinzaine.

Après que son visiteur eut multiplié les courbettes et pris la porte, Lord Peterborough songea que ses soirées au club lui revenaient de plus en plus cher.

Voltaire se retrouva sur l'esplanade avec son secrétaire quaker qui avait des remontrances.

– Lord Bolingbroke n'en a pris que cinq.

– Croyez-moi, quand il saura pour la quinzaine, il en prendra vingt.

Moncrief les rejoignit avec la voiture.

– Avez-vous obtenu des informations ?

– Pas l'ombre d'une, répondit le négociateur avec la figure d'un homme qui s'est épuisé pour la bonne cause. Ce Peterborough est un coffre-fort, impossible de rien lui soutirer.

Higginson se chargea de rappeler l'indice du séjour dans le Shropshire.

Moncrief se félicita d'avoir adjoint le traducteur à son assistant. Avec deux sbires pour lui appliquer des coups de fouets, le Français serait un enquêteur parfait.

CHAPITRE DIXIÈME

Où Voltaire découvre quelque chose d'intéressant dans le livre de quelqu'un d'autre.

Le 4 avril 1727, le grand spectacle donné à Londres furent les obsèques solennelles de Newton en l'abbaye de Westminster. Les Anglais inhumaient un physicien aux côtés de leurs rois, dans les chants sacrés, au terme d'une procession majestueuse, ils lui offraient un tombeau en marbre, c'était somptueux.

Peu de gens avaient lu les livres de Newton, ses ouvrages n'étaient pas accessibles au commun. Mais Newton était l'homme qui avait découvert de quelle manière les planètes tenaient dans le ciel, sa disparition valait bien un deuil national.

– J'ai la révélation ! dit Voltaire, debout parmi la foule.

– De la foi ? demanda Moncrief.

– Je vais me mettre à la physique !

Quand on n'y célébrait pas l'office, Westminster Abbey servait de promenade aux curieux et aux amateurs de belles pierres. C'était une cathédrale de style gothique et flamboyant, avec de magnifiques élancées de piliers, de superbes arches brisées et de sublimes ouvertures à vitraux, un lieu de paix accessible aux adulateurs des grands hommes, où tout modeste philosophe pouvait avoir envie de reposer un jour.

Voltaire en était là de ses réflexions lorsqu'il sentit qu'on lui tripotait les fesses. Il comprit bientôt que ce n'était pas son postérieur qui suscitait la convoitise, mais ses poches : une main farfouillait dedans. Il se retourna avec la promptitude de l'éclair pour saisir le bras de l'importun dans ses serres de faucon, mais se figea à la vue de celui-ci, un homme élégamment vêtu dont le chapeau s'ornait d'une magnifique plume blanche que le tripoté se rappelait avoir vue quelque part.

– On m'a volé ma bourse ! dit quelqu'un.

Le voleur voulut filer, et Voltaire le retenir par son habit.

– Par ici ! Je le tiens !

Il s'exprimait en français, on crut aux acclamations d'une délégation étrangère. « Bravo ! Vive la France ! » répondit une partie de l'assistance. Le voleur profita du désintérêt général envers sa personne pour se fondre dans la masse, Voltaire vit le paon se déplacer parmi d'autres chapeaux, puis il le perdit de vue. Pendant ce temps, les volés se saisissaient entre eux, à qui récupérerait son bien dans les poches des autres. Agitation, cris, bousculade ; c'était de nouveau l'assassinat de Thomas Becket dans la cathédrale de Canterbury. Les gardes postés devant les piliers s'activèrent, hallebarde en main, mais en vain : le voleur avait échappé par une porte latérale qui donnait sur la rue.

Voltaire quitta l'église à la fois ébloui et perplexe. Si on en faisait tant pour un savant, il voulait lui-même être enseveli en la basilique de Saint-Denis où étaient les sépultures des rois capétiens. Moncrief comprit que l'écrivain méditait de reposer entre Henri IV et Louis XIV.

– Je suis sûr que votre roi finira par vous enterrer quelque part, dit-il pour le consoler.

Restait à souhaiter que cela ne soit pas de son vivant.

Voltaire craignait qu'un destin tout différent ne l'attende. En France, quand on souhaitait penser par soi-même, il fallait commencer par se ménager un petit bout de terrain avec une chapelle, et aussi cultiver la connaissance d'un curé complaisant, sans quoi c'était l'inhumation de nuit dans un terrain vague.

Voltaire lui relata l'agression dont son arrière-train venait d'être victime au sein même d'un temple où il aurait cru cette partie de son anatomie sous la protection des sacrements.

– Vous avez été victime d'un pickpocket, lui expliqua le policier.

– Chez nous, on appelle cela un tire-laine.

Il se fouilla, il ne trouvait plus son mouchoir de Cholet.

– On a piqué dans ma *pocket* ! Que fait la police ?

– Vous devriez coudre des boutons à vos *pockets*.

Voltaire tenait peut-être un indice. En tirant la veste du malandrin, il en avait fait tomber un morceau de carton imprimé.

– En fin de compte, vous avez volé votre voleur, dit Moncrief, chez qui les aventures de son assistant ne suscitaient qu'un tout petit intérêt.

Cet intérêt bondit lorsque le tripoté affirma que son agresseur aux mains baladeuses était coiffé d'un plumet pareil à celui des victimes. Moncrief regarda de plus près le carton. Ils tenaient leur assassin ! Il fallait courir dans le quartier de Soho. Il héla un fiacre, y poussa son assistant et le rejoignit sur la banquette, le visage éclairé d'un sourire qui était le summum de l'excitation qu'un Anglais bien élevé pouvait montrer.

– L'espace d'un instant, j'ai cru que vous alliez me féliciter, dit Voltaire.

Une fois descendus du fiacre, Moncrief fit au Français des recommandations. A la nuit tombée, le mauvais éclairage des rues favorisait la prolifération des malfrats. Les patrouilles servaient surtout à montrer au bourgeois que les autorités agissaient. Si vous aviez la chance de vous faire agresser à portée d'oreille et si vous parveniez à crier « à l'aide ! », la patrouille accourait pour vous secourir. Voltaire promit de prendre garde à se faire agresser près d'une patrouille.

– Dites-moi, si on équipait vos sergents de sifflets et de bons souliers, on lutterait plus efficacement contre la criminalité, suggéra le Français.

Moncrief retint l'idée du sifflet, il allait écrire un rapport à l'intention de sa hiérarchie. Le Earl Marshal ferait une communication au Lord High Constable, qui écrirait une note au Lord Great Chamberlain, qui transmettrait au Prime

Minister, qui en parlerait au roi.

Devant la recrudescence de la délinquance, les crimes passibles de la peine capitale avaient été portés au nombre de trois cent cinquante. Voltaire s'extasia. Trois cent cinquante raisons d'être pendu ! Pour sa part il avait du mal à en trouver une seule.

Sur le bout de carton était imprimé un losange rouge. C'était un ticket d'entrée pour un tripot clandestin connu du policier. Voltaire ne voyait pas comment un simple losange pouvait revêtir une telle importance.

– C'est comme s'il nous avait laissé son adresse, dit Moncrief. Cet homme s'est perdu en vous côtoyant !

– Je fais souvent cet effet-là.

L'under-marshal avisa un vendeur de légumes qui avait installé sa charrette sous la lanterne à l'angle de la rue.

– Avez-vous vu passer un homme coiffé d'un couvre-chef extravagant ? lui demanda-t-il.

Le regard du marchand ambulant se posa sur le tricorne bordé de dentelle rose du petit Français qui examinait ses cucurbitacées.

– Autre que monsieur, précisa le policier. Avec un plumet blanc extrêmement long.

– J'ai vu personne, répondit le commerçant.

– Et moi j'aimerais voir votre licence. Ils ont leurs papiers, les salsifis ?

Le marchand de primeurs pointa le doigt sur une porte toute proche.

– Il est entré là.

C'était l'entrée discrète d'une maison discrète et elle était ouverte.

– Vous êtes armé ? demanda Voltaire comme ils entraient.

– Jamais.

– C'est bien, vous êtes un brave homme.

Il ne serait pas offusqué, néanmoins, si son acolyte avait été moins brave homme et s'il avait disposé d'un pistolet.

Des lampes avaient été allumées, pourtant le logement était silencieux. Ils n'y rencontrèrent personne. Après avoir fait disparaître tant de bourses, le pickpocket s'était fait disparaître lui-même.

En vérité, il s'était fait aider. Ils le trouvèrent dans un débarras, pendu à une poutre après avoir été, leur sembla-t-il, pris au lasso comme un veau de prairie. Le pickpocket de Westminster n'était pas l'assassin au plumet : il était l'une de ses victimes !

– La nature a peut-être ses raisons de faire des cœurs impitoyables, dit Voltaire à la vue du cadavre.

Chacun pouvait trouver son épitaphe chez Shakespeare. Moncrief menait l'enquête avec le roi Lear.

L'assassin avait attendu le pickpocket chez lui, il avait eu le temps de repérer la configuration des lieux et de préparer son piège. Ils avaient affaire à un être froid et raisonné. Cet homme aurait pu devenir philosophe s'il ne s'était engagé dans la voie du crime. En fin de compte, ce qui faisait le tri entre les malfrats et les penseurs, c'était l'application à l'étude, l'envie de se servir de sa tête et les gibets de justice.

Mais pourquoi avoir tué ce petit voleur sans envergure ? Parce qu'il avait dérobé le plumet du comédien assassiné au théâtre de Drury Lane ? Etait-ce là le faux-pas qui l'avait perdu ? Parce qu'il portait le plumet ? Parce qu'il faisait partie de la bande au plumet ? Parce qu'il avait volé quelque chose qu'il n'aurait pas dû ?

La réponse était peut-être ici, quelque part autour d'eux. Cette pièce était un véritable musée du vol. Les étagères, les commodes, les tiroirs contenaient des objets hétéroclites qui avaient suscité l'appétit de ce maniaque. Ils trouvèrent tout un tas de bourses vides, mais aussi des babioles de toutes les tailles, et même des écrits.

Tout dans la collection était trié, cet homme aurait fait fortune comme archiviste royal, c'était bien du talent gâché. Ils s'attelèrent à la tâche. Moncrief examina ces rapines une à une pour tenter de déterminer ce qu'elles étaient, quelle était leur provenance, à qui elles avaient appartenu. Il fut certain d'avoir entre les mains la canne à pommeau d'ivoire du Lord Chancelier et un éventail de la princesse de Galles.

Voltaire se chargea des lectures. Quelque duchesse n'aurait-elle pas voulu récupérer à tout prix des lettres d'amour compromettantes ? Peut-être y avait-il là des secrets inavouables qui ne devaient tomber sous les yeux de personne. L'écrivain était très indiqué pour en prendre connaissance, il était un modèle de discrétion ; il s'était toujours parfaitement bien entendu avec les duchesses de Paris, nul doute qu'il avait des dispositions pour établir des relations similaires avec celles de Londres.

Il avait devant les yeux des rayonnages garnis d'écrits volés. Hélas, une collection n'a de valeur que par le goût de celui qui l'assemble. Le choix du pickpocket paraissait entièrement déterminé par l'occasion qui se présentait ; ce n'était pas un très bon critère pour constituer une bibliothèque.

– Avez-vous trouvé quelque chose ? demanda Moncrief, qui venait d'identifier une quinzième potiche que le duc de Devonshire serait bien content de récupérer.

– Tout cela est d'une banalité à pleurer, dit l'écrivain, habitué à lire des bêtises, ses confrères lui envoyaient souvent leurs livres.

Un panier était apparemment consacré aux vols récents non encore archivés, il avait usé son regard sur une série d'opuscules sans intérêt, pour ne rien dire des *diaries* rédigés à la main tels que ce *Journal de Jack Worthing*, certainement un petit commerçant, car il était rempli de chiffres et d'adresses.

Moncrief sursauta. John Worthing était le nom d'un bandit insaisissable qui écumait Londres depuis des années, une ombre mouvante que nul n'avait jamais identifiée. Tout ce qui pouvait permettre de le faire était un trésor irremplaçable.

Ce *Journal de Jack Worthing* valait mieux que des aveux. Il contenait les dates des missions à remplir, suivies du compte des sommes perçues et redistribuées aux membres de la bande. Ceux-ci y étaient mentionnés sous trois pseudonymes : Tiger

Lily, Phileas et Father MacKenzie. Le policier allait immédiatement transmettre ces informations à tous ses confrères, les under-marshals de Londres, et même au marshal en personne.

Ce qui était étrange, c'était que l'assassin, après avoir éliminé le pickpocket, n'avait pas mis à sac la maison pour retrouver le carnet compromettant. Il aurait été plus logique de forcer sa victime à lui dire où était ce document et de se débarrasser d'elle ensuite, non l'inverse.

Moncrief étudiait le *Journal de Jack Worthing* comme un enfant qui vient de recevoir un livre de contes merveilleux avec des génies dans des bouteilles et des tapis volants. Voltaire, heureusement, gardait la tête froide et concentrait ses pensées sur les faits importants.

– J'ai entendu parler de gens qui écrivent sous des noms d'emprunt pour égarer la pol… par timidité. Qu'est-ce qui vous dit que ce « Jack » du *Journal* est votre John ? Ils ne s'appellent même pas exactement pareil !

– En anglais, « Jack » est le diminutif de « John », expliqua Moncrief. « Bill » est celui de « William », « Ted » celui d'« Edward ». Dick veut dire Richard, Hank Henry et Chuck Charles.

– Chez nous, Jacques est le nom d'un collectionneur de coquillages, dit Voltaire, qui avait dans les mains de jolies coquilles Saint-Jacques où l'on avait écrit « Bains de Cornouailles » en doré.

– En Anglais, « Jacques » se dit « James ».

– Que c'est donc compliqué ! Je ne m'étonne plus que vous ayez abandonné le culte des saints !

Le policier se demandait pourquoi on s'était empressé de tuer ce pickpocket justement ce jour-ci.

– Je pense que c'est parce qu'il s'est paré des plumes du paon, répondit Voltaire, qui s'y connaissait.

Ils eurent beau fouiller le logement, le plumet avait disparu, ils ne dénichèrent qu'un tricorne dégarni. Cette aigrette blanche était à la fois la parure la plus convoitée et la plus maudite d'Angleterre.

Moncrief était excité d'avoir entre les mains les noms des victimes, le montant des primes et le surnom des acolytes. Jack Worthing avait inscrit les noms du majordome Tobias Lane, du comédien Timothy Merriman tué au théâtre de Drury Lane, et du médecin Algernon Bunbury étouffé à la taverne du Cocoa Tree Chocolate House. Au bas de la liste, la dernière affaire mentionnait une certaine Augusta Bracknell.

– Comment cette dame est-elle morte ? demanda Voltaire.

Earnest Moncrief leva sur lui des yeux pleins de surprise. Le problème était qu'elle était toujours vivante. Quelque chose, peut-être le vol du carnet, avait interrompu l'opération. Interrompu ou suspendu ? S'ils avaient dû parier sur le décès prochain d'une personne dans la ville de Londres, cette dame était une bonne candidate.

– Je suis sûr que Lady Bracknell adore la poésie française, dit le policier.

Voltaire allait lui rendre visite pour lui parler de sa *Henriade*, ce serait un bon prétexte pour l'interroger, observer son entourage, étudier son mode de vie, la surveiller, l'éplucher, la juger, la dénigrer, toutes ces choses que les écrivains savaient faire. Il tâcherait aussi de l'avertir discrètement du danger dont elle était menacée.

– Vous savez certainement la manière d'annoncer les catastrophes, dit Moncrief, qui s'était documenté sur l'utilité de la philosophie française.

Le clairon des mauvaises nouvelles avait la mine réjouie d'un marchand de papier en gros qui prévoit de conclure une bonne vente. Le policier regretta d'ajouter un second péril dans la vie de cette innocente duchesse qui ne s'y attendait pas. Mais, pour une fois, le pire danger qui menacerait un lecteur en relation avec Voltaire ne serait pas de devoir acheter ses livres.

CHAPITRE ONZIÈME

Où Voltaire s'intéresse aux pommes qui tombent sur la tête des savants.

Les Lords Bolingbroke et Peterborough firent passer le message : un grand écrivain français brûlait de présenter ses hommages littéraires à Lady Bracknell. La requête fut agréée, les dédicaces d'auteurs français figuraient dans la galerie de chasse de l'aristocratie britannique entre l'andouiller de cerf et la nature morte avec lapins et perdreaux.

Voltaire essayait devant un miroir ses plus beaux atours de passe-partout qui faisaient de lui une caricature d'Anglais.

– Comment doit-on se vêtir pour aller voir une duchesse anglaise ? demanda-t-il à Higginson, qui devait l'accompagner chez cette dame pour le conseiller dans le domaine des rites et des convenances.

– En Français, ça ira très bien, répondit le quaker.

Moncrief jugea urgent de prévenir Voltaire qui arrangeait sa perruque et ses dentelles.

– Vous devez savoir que, chez nous, la sodomie est passible d'une peine d'exposition au pilori.

– Quelle sodomie ? Je suis Français ! Alors parce qu'on montre un peu de style et de bon goût on est accusé de crime contre la nature ? Tout le monde sait que ce sont les Italiens qui ont des « mœurs transalpines » !

Higginson servirait d'interprète au cas où la duchesse ne comprendrait pas l'anglais de Voltaire ni ce dernier le français de la duchesse.

La gratification habituellement promise à Voltaire, l'under-marshal l'avait offerte à Higginson s'il parvenait à le convaincre d'enquêter sur le danger qui menaçait la duchesse, en plus de lui vanter son gros poème.

Lady Augusta habitait une grosse demeure dans un quartier très boisé. Il y avait là, tout près, la résidence du duc de Buckingham, une belle gentilhommière en bordure d'un terrain planté de mûriers pour l'élevage du ver à soie. Ce parc avait la réputation d'être un lieu de débauches en tout genre, la famille royale n'y mettait jamais les pieds.[1]

La maîtresse de maison rejoignit ces gentlemen dans la bibliothèque, une pièce de circonstance. Elle aurait paru soixante ans sans les fards et les apprêts destinés à cacher son âge et qui lui en donnaient dix de plus. Elle était assez coquette pour qu'on devine qu'elle avait été belle, mais cette coquetterie la poussait désormais à choisir des taffetas trop lourds, trop chargés de rubans, de broderies, d'ajouts et d'inclusions qui appesantissaient sa silhouette. Les rubis et diamants assortis à sa robe qu'elle avait au cou, aux oreilles, aux poignets, aux doigts, suggéraient qu'elle en possédait d'autres pour s'harmoniser avec ses tenues de couleurs différentes, si bien qu'on lui supposait une fortune en proportion. Ses cheveux étaient noirs sans un de blanc, ce qui laissait penser qu'ils étaient en réalité blancs sans un de noir, serrés en un chignon piqué d'une plume d'autruche écarlate.

Voltaire s'empressa d'exécuter trois révérences avant de s'extasier sur les livres, son autre domaine de prédilection avec les duchesses.

– Oh, mais vous avez une belle bibliothèque, ici ! Vous aimez donc les beaux textes littéraires ?

– Mon défunt mari, surtout, les aimait. Nous en avons tant que nous ne saurions en ajouter un seul.

– Mais si, mais si, dit l'auteur en réaménageant mentalement les rayonnages pour dégager toute une rangée où

[1] La famille royale s'intéressa néanmoins à cette demeure au siècle suivant.

installer commodément ses propres œuvres.

La politesse britannique obligeait à questionner ses invités sur leur vie passée en prenant un air intéressé. La duchesse s'enquit des raisons qui avaient poussé un célèbre auteur français à venir visiter la Grande-Bretagne, outre les attraits de la cuisine et du climat. Higginson expliqua en anglais que M. de Voltaire avait reçu des coups de bâton.

– Ah ! fit la duchesse avec compassion.

– Pour avoir injurié la noblesse, précisa le quaker.

– Oh ! fit la duchesse avec une compassion moins nette.

Depuis lors, l'écrivain voyageait sous le pseudonyme de « comte de Perrault ».

– Voilà un nom qui évoque les vieux récits de sorcières et de lutins, dit Lady Augusta.

– Ah, vous connaissez *Les Contes de ma mère l'Oie*…, dit Voltaire.

– Oui, et maintenant je connais l'oie.

Il tenta de placer sa *Henriade* en vantant à Lady Bracknell le côté caustique de son travail. Il y ridiculisait tous les grands noms qui s'étaient opposés aux ambitions de l'Angleterre au cours du dernier millénaire.

– Je sens que cela va me plaire, dit la duchesse. Combien veut-on que j'en prenne ?

– Lord Peterborough m'en a commandé une quinzaine.

– Ah bon ? Vous voilà pourvu, alors. Vous m'en mettrez deux de côté.

Voltaire commençait à comprendre que des assassins veuillent s'en prendre à cette femme. Higginson vit avec plaisir se clore le chapitre de la souscription et s'ouvrir celui de l'enquête. Le détective amateur était assez dépité pour tenter d'expliquer à son hôtesse qu'elle était menacée, et pas seulement par les acidités d'un auteur déçu.

– Votre Grâce n'a-t-elle pas été la cible d'un terrible danger, ces derniers temps ?

– Ah, ne m'en parlez pas ! C'est miracle que je sois

encore en vie !

On la crut bien renseignée.

Une allergie rédhibitoire aux techniques modernes avait poussé la duchesse à refuser cette méthode d'immunisation nommée « variolisation », importée dans leur pays par Lady Montaigu quelques années plus tôt. Aussi les membres de la maisonnée Bracknell avaient-ils succombé à l'épidémie en toute conformité avec la tradition, tandis que les Montaigu proliféraient scandaleusement. Cette différence de peuplement n'entamait pas les convictions de la duchesse, elle continuait à rouler dans de vieux carrosses où l'on était assis sur les essieux. Il ferait beau temps quand on la verrait parader dans l'une de ces nouvelles berlines suspendues !

Voltaire la ramena vers le sujet des décès en cascade.

– Ainsi donc, Votre Grâce a perdu toute sa famille ?

– Pas entièrement, Dieu veille au salut des cœurs purs et des antiques lignées.

Il lui restait son petit fils Dorian, devenu après l'hécatombe, et malgré son jeune âge, le 10e duc de Bracknell. Elle le choyait, veillait sur lui comme une cane sur sa couvée, elle ne l'autorisait pas même à descendre l'escalier d'honneur sans s'aider d'une gouvernante ou d'un valet. Il était le joyau et le prisonnier de la maison. Elle avait fait capitonner la salle de jeu et ne lui permettait de promenades qu'en landau, ces calèches attelées.

– Ce petit garçon doit être votre réconfort, dit aimablement Voltaire.

La duchesse acquiesça avec un geste en direction d'un portrait accroché sur la cheminée. On y voyait un beau jeune homme blond aux traits fins, vêtu à la dernière mode : le petit garçon courait sur ses vingt-cinq ans. Il portait un habit couleur crème à fil d'argent, certainement très élégant pour figurer sur un tableau, mais qui interdisait aucune sorte d'activité qu'une personne de son âge pourrait s'accorder.

– Ah, fit Voltaire. Je suppose que le jeune Lord Bracknell est fiancé à une charmante demoiselle de la gentry ?

– Certainement pas ! Pauvre petit chéri !

Elle jugeait tout à fait prématuré de songer à fonder une famille, trente-cinq ou quarante ans étaient des âges plus appropriés. Ses visiteurs ne s'étonnèrent plus de la quasi disparition de l'antique lignée. En France, quand une famille se réduisait à un seul héritier, on le fiançait à quatre ans, on lui présentait sa promise à douze, le mariage était conclu à quatorze avec la bénédiction du clergé, et l'on distribuait les dragées à quinze ou seize.

– S'il partait, que resterait-il à une veuve de quarante-neuf ans ? dit Lady Bracknell, qui en paraissait vingt de plus.

– Si les étranges vicissitudes de la fortune ne nous faisaient voir le peu de valeur de la vie, jamais on ne se résignerait à vieillir, dit Voltaire.

– Euh, certes, certes, dit la duchesse, déconcertée par l'irruption de la philosophie française dans leur entretien.

– M. de Voltaire a de la vénération pour *Le Roi Lear*, expliqua Higginson.

Cet homme citait Shakespeare, on pouvait le convier à séjourner quelques jours chez soi. Elle l'engagea à lui rendre visite à sa chaumière de Bracknell Hall, située dans le Shropshire.

Cet intermède bucolique s'annonçait parfait pour vérifier que d'immondes lanceurs de couteaux ne traquaient pas la duchesse entre les écuries et le billard. Tandis qu'ils attendaient manteaux et cannes dans le vestibule, Voltaire s'interrogea sur la nature de la chaumière.

– Je suppose qu'il ne s'agit pas de ce que nous appelons chez nous une maison de campagne ?

– Je ne crois pas, répondit le quaker en désignant, sur le mur, une peinture à l'huile où l'on voyait un gros manoir à créneaux entre une immense prairie et une forêt.

Voltaire profita d'une pause dans leur enquête pour se documenter sur le moyen de se faire enterrer dans des cathédrales. Puisque la physique avait réussi à Newton, il se jeta sur la vulgarisation de ses théories par Pemberton, dont l'ouvrage venait de paraître.

– L'univers est régi par des lois mathématiques ! s'écria-t-il à cette lecture. Quelle révolution !

Ainsi donc les livres et les idées pouvaient être à l'origine de révolutions ! Les Juifs en étaient restés à l'Ancien Testament, les chrétiens au Nouveau, l'homme moderne cherchait sa Bible où il pouvait. Lui la cherchait chez Newton, où il était aussi question d'une pomme. Voltaire voulait sa part de tarte.

Il s'en fut voir Mrs Conduit, nièce du génie, et se fit raconter l'origine de l'extraordinaire théorie. Ayant vu une pomme tomber de l'arbre, Newton avait eu le génie de s'en étonner, à la différence des centaines de millions d'hommes qui avaient vu se produire le même phénomène avant lui sans se poser la moindre question : on disait que la pomme tombait parce qu'elle était lourde, ce qui n'a aucun sens. Newton, à partir de la pomme, avait rapproché la pesanteur terrestre du mouvement des astres et les avait expliqués par une même formule mathématique. L'anecdote prouvait la puissance du calcul appliqué aux faits d'expérience.

– Quel génie ! dit Voltaire.

– N'est-il pas ? répondit la nièce.

– S'il avait pris une poire ou un abricot, ça aurait été beaucoup moins bien !

Mrs Conduit avoua qu'elle avait elle-même un peu de mal à suivre les raisonnements de son oncle que tant de gens estimaient si brillants.

– C'est très simple ! affirma Voltaire. Je vous résume : les pommes tombent, la science explique tout, et le féodalisme s'en voit renversé en même temps que l'obscurantisme !

Il ne restait plus aux philosophes qu'à bien faire entrer cette idée dans la tête des gens. Il se hâta de retourner à la White Peruke écrire tout ça pour le bénéfice de ses lecteurs. Grâce à lui, la pomme de Newton allait devenir aussi célèbre que celles d'Adam et de Guillaume Tell !

– Mangez des pommes ! répétait-il sur le chemin de l'auberge en ricanant tout seul, si bien qu'on le prit pour un fou avec un accent bizarre.

Soucieux de ne pas délaisser un public moins fortuné qui devait pouvoir, lui aussi, dépenser ses économies dans l'achat de beaux textes, il avait prévu une édition de sa *Henriade* seize fois moins chère que celle vendue par souscription. Il avait aussi inventé le paiement des livres à livraison. Il existait à Londres un service de portage qui n'employait que des femmes, autant dire des Amazones. Il se félicita de son idée sans se douter qu'elle était destinée à susciter une vague d'indignation et à provoquer sa perte.

L'édition enluminée de *La Henriade* sortit des presses sous la forme d'un bel in-quarto à une guinée payable d'avance.

– Je fais payer les riches d'avance et les pauvres après. C'est le contraire de la France, où les pauvres s'acquittent de leurs dettes et de leurs impôts sans délais et les nobles jamais.

Le roi George avait été remplacé par son fils, un autre George, il y avait à présent une reine à qui on pouvait dédier ses œuvres pour obtenir sa protection. Voltaire avait effacé la dédicace à Louis XV, il avait remplacé le roi de France par la reine d'Angleterre, voilà qui allait beaucoup plaire à Versailles. On pouvait lire en première page :

« Votre Majesté trouvera dans ce livre des vérités bien grandes : la morale à l'abri de la superstition, l'esprit de liberté éloigné de l'oppression, les droits du peuple toujours défendus. »

Autant écrire noir sur blanc : « Ce n'est pas comme chez les Français, hein ? » Pour que la reine ne rate pas le message, il avait ajouté :

« A la vertueuse épouse d'un roi qui, parmi tant de têtes couronnées, jouit presque seul de l'honneur de gouverner une nation libre. »

Et pan sur le nez de Louis XV, ce tyran livré aux volontés d'un cardinal !

Higginson lui avait pourtant déconseillé de rappeler au roi que ses sujets étaient libres : ils l'étaient parce qu'ils avaient privé leur monarque de son pouvoir, Sa Majesté ne pouvait rien faire ni rien dire qui n'ait été contrôlé par le Parlement. La liberté des autres, c'était sa prison.

– J'ose faire tout ce qui sied à un homme ; qui ose faire plus n'en est pas un, dit l'auteur.

Voltaire osait tout, c'était à ça qu'on le reconnaissait. Il se sentait le courage d'un Macbeth.

Le premier mois fut un grand succès, l'imprimeur fit trois tirages. Les nobles avaient souscrit, les bourgeois voulurent les imiter. Voltaire avait réussi à vendre aux lecteurs un long poème rempli d'idées très personnelles, écrit dans une langue que très peu d'entre eux comprenaient, ce qui est certainement l'idéal de tout écrivain.

CHAPITRE DOUZIÈME

Où l'on constate que les familles les plus respectables ont des squelettes dans leurs placards.

Lady Augusta était partie pour sa campagne, il était temps pour Voltaire d'aller s'occuper de ses duchesses. La diligence du Shropshire se prenait à l'auberge du Cerf Blanc, un bâtiment à galerie construit autour d'une cour pavée éclairée par des lanternes fixées aux murs. Sous la galerie étaient installées les écuries, les auges et des bottes de paille. Les aubergistes élevaient des poulets qui patrouillaient sur ce sol abondamment couvert de crottin, entre les jambes des chevaux et les roues des voitures, à la recherche de grains à picorer. A l'intérieur régnait l'agitation bruyante typique des lieux où commencent et finissent les voyages. Les étages étaient découpés en chambres pour les voyageurs qui désiraient se tenir prêts à partir à l'aube.

Sur l'un des équipages, une pancarte disait : « Voiture véloce pour le confort et la sécurité de nos voyageurs. » Voltaire se demanda laquelle de ces mentions était mensongère. Les trois, sans doute. Il savait combien la publicité était l'art de la tromperie, il était écrivain.

Contrairement aux lourdes diligences où l'on était assis sur deux banquettes face à face, la « voiture véloce », plus étroite, était équipée de sièges où l'on s'asseyait par deux sur deux rangs, tous dans le sens de la marche. Seules les personnes du premier rang jouissaient d'une vue sur le paysage par une large fenêtre vitrée ouverte à l'avant ; les passagers de l'arrière ne voyaient que le dossier des sièges, l'agrément était sacrifié à la rapidité. Un cocher muni d'un fouet s'installait à hauteur du toit bâché de la voiture, avec les bagages, tandis qu'un postillon chevauchait l'un des quatre animaux de l'attelage.

– Vous allez voir la campagne anglaise, qui est la plus belle du monde, annonça Higginson en prenant place à côté de l'écrivain.

C'était à condition d'aimer les verts pâturages enclos de haies qui bornaient la vue, les petites routes sinueuses comme des lacets, les vaches laitières et la pluie sous toutes ses formes. On traversait de charmants villages plantés de maisonnettes à colombages sorties de contes de fées, avec des jardinières de fleurs sur l'appui de leurs fenêtres à petits carreaux. Celles-ci s'ouvraient en coulissant vers le haut, ce qui avait quelque chose d'effrayant pour un étranger : ne risquaient-elles pas de s'abattre sur votre cou et, pourquoi pas, de vous trancher la tête ?

– Non, non, cela n'arrive pas, affirma Higginson. Pour faire tomber une tête, nous nous servons d'une hache.

Voltaire se promit de ne pas vanter ce système dans ces lettres sur la supériorité britannique qu'il méditait d'écrire. La sorte de révolution des idées qu'il souhaitait promouvoir ne devait pas s'accompagner d'une machine à décapiter.

Ils s'arrêtèrent pour déjeuner au relais, où leur furent servis de la truite de mer, des crevettes marinées, un bouillon de bœuf avec un quartier de lard fumé et des tartines. Voltaire considéra les animaux avec consternation. La crevette, notamment, fut soupçonnée d'avoir vécu des péripéties avant de finir dans son assiette.

– Elle a été pêchée hier, la crevette ? demanda-t-il au garçon de salle.

– Oui, monsieur. Hier il y a trois jours.

Tout le monde lisait *The Farthing Post*, journal à scandale, le *Spectator* ou le *Daily Post*. Voltaire s'étonna d'un tel engouement. En France les publications périodiques étaient autorisées à condition de ne rien raconter de vrai ni d'intéressant. Le quaker lui donna une leçon de légalité anglaise qui débuta avec la Déclaration des droits de 1689.

– Ah ! Combien je souhaiterais pour la France une Déclaration des droits de 89 ! dit Voltaire.

Depuis 1695, la loi garantissait aussi la liberté de la presse.

– Je suis Anglais !

Le roi percevait une taxe sur les journaux, si bien qu'il était payé pour les injures qu'on lui disait.

– C'est le contraire chez nous : Louis XV donne des pensions aux auteurs, si bien qu'il paye pour les injures qu'il reçoit.

Du coup, tout le monde ici lisait la gazette, même les couvreurs se la faisaient porter sur les toits. La démocratie était d'un grand bénéfice, c'était une découverte des sociétés marchandes.

Ils arrivèrent bientôt à Bracknell Hall, qui n'avait pas du tout la régularité des châteaux français dessinés à l'équerre par des obsédés de la symétrie grecque. Point de colonnes, de pilastres, de frontons ou de chapiteaux. Sa structure était une accumulation d'éléments disparates, on avait accolé une forteresse médiévale et une sorte de couvent, reliés ensemble par un porche de cathédrale flanqué de deux tours ou clochers, avec partout des fenêtres trop grandes qui appelaient le vitrail, ou trop petites qui avaient l'air de meurtrières. On comptait sur la pierre, d'un ton crème tirant sur le doré selon la lumière, pour donner à cet enchevêtrement de toits et de créneaux son harmonie, celle d'un gros pâté rempli de morceaux non identifiés mais servis dans une même terrine. Tout cela était posé sur un gazon parfait, le seul élément véritablement soigné, qui faisait un plateau à la terrine. L'effet « rustique bizarre » était compensé par la proximité d'une végétation luxuriante, grands arbres vert foncé, glycine chargée de fleurs, le jardinage étant d'évidence l'art préféré des Anglais plutôt que l'architecture.

L'intérieur était à l'avenant. On s'attendait à voir surgir

une Elisabeth Ière rouquine et cadavérique derrière chaque pilier de cette bâtisse Tudor.

Un majordome les mena à leurs chambres. Voltaire nota que cet homme commettait de petites fautes sur l'agencement des pièces et sur les habitudes de la duchesse, il devait être ici depuis peu.

Quand ils se furent rafraîchis, Lady Augusta leur fit les honneurs de sa maison. Une salle d'armes était remplie d'armures, d'arbalètes, de mousquets et de glaives qui avaient servi au Moyen-Age. L'un des murs était recouvert d'un tableau où l'on pouvait admirer entre mille fioritures l'arbre généalogique des Fairfax, ducs de Bracknell, qui remontait sans vergogne à Guillaume le Conquérant et descendait jusqu'au détenteur actuel du titre. Sur la cheminée trônait un autre portrait en pied de l'héritier, dont la duchesse tenait visiblement à faire figurer l'effigie dans chacune de ses demeures. Elle l'avait attifé comme une poupée, avait entassé sur lui autant d'accessoires qu'il en pouvait supporter, jusqu'à le changer en un joli présentoir. C'était une représentation de la beauté qui s'ennuie parce qu'être n'est pas assez et qu'elle n'a rien à faire. Son regard perdu dans le lointain semblait attendre quelque chose qui n'arrivait pas.

La salle suivante était garnie de trophées empaillés et de tableaux pour lesquels de malheureuses bêtes avaient posé elles aussi, mais post-mortem. On ne devait guère aimer être un cerf ou un sanglier sur les terres de Lady Bracknell. La duchesse n'y pratiquait pas plus qu'à Londres les méthodes modernes, le « comfort » était absent du manoir.

– Peut-on se taper un verre d'eau ? demanda l'écrivain.

– Plaît-il ?

– M. de Voltaire voudrait savoir si vous avez l'eau courante au château, traduisit Higginson.

– Dieu merci, non ! L'invasion des tuyaux n'est pas arrivée jusqu'ici ! L'eau monte vers nous dans des seaux, puisée par nos gens, comme à l'époque où l'on avait encore le respect des valeurs !

Voltaire vit que, plus on s'élevait dans la société britannique, moins les principes s'effaçaient devant les facilités offertes à l'existence.

Il y avait dans la salle de chasse une section « plaisirs de la pêche » : un mur garni de poissons qui semblaient s'ébattre dans une végétation peinte. On avait naturalisé des mouches et des libellules que ces carpes et brochets semblaient sur le point de gober. Tout cela était abondamment recouvert d'un vernis qui rendait ces poissons luisants comme s'ils étaient dans l'eau. Voltaire chercha un mot aimable à dire.

– J'aime que les femmes aient une passion, peu importe dans quel domaine, pour les arts, pour les sciences, pour la broderie au point de croix, pourvu qu'elles soient passionnées. La passion transfigure la femme alors qu'elle ne fait qu'occuper les hommes.

La duchesse resta perplexe.

– M. de Voltaire demande si vous avez un hobby, traduisit Higginson.

Lady Augusta désigna les poissons remplis de foin qui les dévisageaient depuis leurs présentoirs.

– J'aime passer le vernis, on s'ennuie si facilement, à la campagne.

Voltaire comprit avec horreur qu'ils avaient devant eux l'auteur de ces piscicultures morbides. Une meute d'affreux toutous courut à Lady Bracknell.

– Je vois que vous aimez aussi les petits chiens, dit Voltaire en se demandant s'ils étaient destinés à finir comme les poissons.

Hélas, les chers corgis de la duchesse avaient tendance à disparaître, ces temps derniers. D'abord les gens, maintenant les chiens… Si Voltaire n'avait pas été adepte de l'empirisme, il aurait commencé à croire qu'une malédiction pesait sur les habitants de ce manoir.

Outre les chiens, Lady Augusta avait aussi dans sa proximité un être vivant à deux pattes chaussées de souliers vernis qui descendit le grand escalier plus lentement que les quadrupèdes, assisté d'un valet comme s'il avait été infirme, bien que sa physionomie suggérât au contraire une nature athlétique. La duchesse leur présenta Lord Dorian, son cher petit-fils, dont l'apparition leur fit un effet étrange : il était extraordinairement semblable aux portraits qu'ils avaient vus dans la bibliothèque de Londres et sur la cheminée d'ici, comme si ces œuvres d'art avaient été conçues dans l'année en cours.

Il était aussi blond, grand et mince que les tableaux le suggéraient ; bien fait, avec par moment quelque chose de furieux dans le regard. Bien mis, coiffé avec soin, à l'aise comme il l'était, il aurait pu être le jeune premier d'une pièce de théâtre. Sa présentation était excellente et ses manières d'une affectation raffinée, avec la mine un peu compassée d'un homme qui ne sait quoi faire de lui-même. Il n'aurait pas été plus parfait si la déesse Albion en personne l'avait forgé pour représenter l'aristocratie anglaise. On avait du mal à l'imaginer cloîtré ici par la volonté d'une grand-mère abusive qui lui interdisait de faire un pas sans être suivi d'un domestique.

Il vint lui baiser les mains, ce qui suggéra qu'il se comportait envers elle avec tendresse et respect, et aussi que c'était elle qui commandait. Elle lui demanda qui étaient ces gens costumés qu'elle voyait passer sous la fenêtre et pourquoi elle entendait des coups de marteau. C'était des acteurs venus jouer une pastorale à l'occasion de sa fête, il avait organisé pour elle cette surprise. Elle s'en montra charmée.

Quand les visiteurs furent de retour dans leurs appartements, il apparut que la philosophie du quaker s'offusquait de voir dépenser tant d'argent pour si peu de personnes.

– On vit ici dans un luxe outrageux ! Tous ces domestiques ! L'un d'eux n'a pour fonction que de cirer les chaussures !

– Je saurai m'en accommoder, je veux être tolérant avec tout le monde, même avec les riches, dit Voltaire en se mirant dans le cuir de ses escarpins.

Il avait installé son écritoire devant une ouverture par laquelle il pouvait contempler ce paysage idéal sculpté par des générations de jardiniers dévoués. Des gens habillés de couleurs vives, chargés de marteaux et de rabots, traversaient la pelouse. Quelles merveilleuses scènes champêtres ! Le temps était au beau, tout cela était charmant. Il prit des notes pour un traité où il dirait tout le bien qu'il pensait de l'Angleterre, afin de faire comprendre à ses lecteurs tout le mal qu'il pensait de la France. Sa plume courait joyeusement sur le papier.

« Dans ce pays bien gouverné, le paysan anglais n'a pas les pieds blessés par des sabots, il est bien nourri, bien vêtu, et s'en va gaiement cultiver ses champs. »

– Ce sont les danseurs costumés qui joueront la pastorale samedi prochain, dit Higginson.

– Mais ces outils ?

– C'est pour monter les tréteaux et le décor. Le monsieur que vous voyez là n'est pas forgeron, c'est un peintre en arrangements floraux.

Voltaire jugea prématuré d'écrire sur la campagne anglaise, il décida d'avancer plutôt ses *Eléments de la physique de Newton*, où il risquait moins le contresens. Higginson en lut des passages tout frais sortis de l'esprit de l'auteur.

– Newton a eu la révélation de la gravité grâce à une pomme, le monde aura la révélation de la pomme grâce à vous.

– Oui ! dit Voltaire. Je suis le porte-voix des petits détails !

Higginson n'en doutait pas : c'était là que se cachait le diable.

Le souper fut servi dans la salle des banquets, une longue pièce aux dimensions de grand-nef impossible à chauffer. Le jeune duc et sa grand-mère occupaient chacun l'extrémité d'une table interminable, et les invités le milieu, ce qui ne facilitait pas la conversation. Le costume de Lord Dorian, d'un jaune doré jusqu'aux boutons de gilet, le faisait paraître un mignon canari qu'on exposait dans une cage. Par moment l'œil bleu de cet oiseau changeait brutalement de nuance.

La plupart des plats étaient nappés de sauce et s'accompagnaient de pain pour tremper en remplacement des légumes. Il y avait toutes sortes de viandes, rendues méconnaissables par un habile traitement et par l'abus de coulis verts ou rouges. L'aristocratie britannique avait le goût des jardins, mais non celui des potagers.

– Votre cuisinier ne connaît pas les lentilles, sans doute ?

Il était temps de répandre sur ce pays les bienfaits de la gastronomie française en même temps que ceux de la philosophie.

La duchesse mangeait moins qu'elle ne buvait. Un valet attaché à son service personnel avait pour seule mission de remplacer avec régularité son verre vide par un verre plein d'un liquide sombre que Voltaire identifia comme un porto ancien où il aurait volontiers trempé les lèvres.

– Avez-vous des enfants ? demanda-t-elle entre deux lampées.

– Non, dit-il, j'ai des livres.

Elle voulut savoir s'il était allé au théâtre depuis son arrivée sur le sol anglais. Il avait vu *Hamlet*.

– Mais comme j'avais lu Sophocle, je connaissais déjà. Un jeune homme revient à la cour de son père défunt, où il trouve sa mère mariée avec l'assassin tandis qu'une jeune fille de la famille est devenue folle. La mère, c'est Clytemnestre, le mari, c'est Egisthe, la folle, c'est Electre, et Hamlet s'appelle Oreste. Le grand talent de votre Shakespeare est de dépoussiérer les vieux mythes.

Puisqu'il se permettait de ravaler Shakespeare au rang de femme de ménage, Lady Augusta aima mieux parler des compétitions hippiques. Les Anglais faisaient courir sur la prairie de Newmarket des chevaux issus d'étalons arabes et de juments anglaises qui étaient les plus rapides du monde. Ils étaient montés par de petits postillons vêtus d'étoffe de soie aux couleurs des propriétaires, en présence de la cour, et on tenait des paris. Voltaire se réjouit de voir que son hôtesse aimait aussi des animaux vivants sans intention de les empailler pour sa galerie.

Après le souper, la duchesse monta se coucher et le jeune duc fut rapatrié dans sa chambre par un valet. C'était le prisonnier volontaire le mieux traité d'Europe, ils étaient dans la résidence de campagne du masque de fer. Aucun divertissement n'avait été prévu avant la pastorale qu'on répétait pour la fête de la duchesse, du coup les amusements n'étaient pas légion. Il était encore tôt, la lune était pleine, les deux hommes sortirent faire le tour du manoir à la chandelle.

Y avait-il un mystère à Bracknell Hall ? Qui pouvait en vouloir à la duchesse ? Tout ici respirait la tranquillité, le bonheur et l'harmonie.

– C'est ce que j'appelle une prédisposition aux catastrophes, dit le quaker.

Un bruit de pelle les attira plus loin dans le sous-bois. A la lueur d'une lanterne, un domestique était en train de creuser la terre près d'un bâtiment ancien dans le style gothique. A côté de lui gisait un petit paquet en torchon d'où émergeaient des pattes velues. Voilà donc ce qui arrivait aux corgis de la duchesse ! Le valet de pied les trouvait morts l'un après l'autre et les enterrait discrètement pour ne pas faire davantage de peine à *her ladyship*. Des dix qu'ils avaient l'an dernier, seuls cinq avaient survécu. De quoi mouraient-ils ? Ils ne portaient aucune marque, ni blessures ni morsures. Le quaker tâta le cou, qui semblait avoir été broyé. Il y avait dans ces parages un fou qui s'attaquait aux chiens avant de s'en prendre aux duchesses. Tout cela n'augurait rien de bon pour l'avenir de Lady Augusta. Mais que voulait-il d'une charmante vieille dame dont la seule occupation était de vernir des poissons ?

Quand le domestique fut retourné au manoir, ils poussèrent jusqu'à la chapelle. Pour ce qu'ils en voyaient à la lueur de la bougie, c'était un petit bâtiment dans la même pierre que le manoir, avec créneaux et vitraux dans le goût médiéval, une grande croix gravée au-dessus de la porte en ogive. L'intérieur était lugubre à souhait, mais pas plus que la salle des empaillés. On y avait creusé une crypte avec, de chaque côté, un étagement de dalles gravées aux noms des ducs et duchesses du temps jadis. Des fleurs avaient été déposées devant certaines, ce qui n'avait rien de surprenant puisque Lord Dorian et sa grand-mère avaient récemment perdu l'ensemble de leur famille. Les deux hommes imaginèrent le jeune orphelin apportant un bouquet et récitant une pieuse prière pour les chers disparus.

Quand ils furent remontés, ils virent qu'il y avait aussi un bouquet dans un coin, posé sur le sol devant un placard qui servait probablement à entreposer les objets du culte et le matériel de nettoyage.

A l'intérieur, une momie desséchée avait été allongée sur l'étagère du bas, à la place des balais et des éponges.

– Saperlipopette ! dit Voltaire, un équivalent français pour « *holy shit !* ».

– J'en étais sûr ! dit le quaker, persuadé que ces vieilles familles anglicanes étaient le réceptacle de toutes les turpitudes.

Ils arrivaient trop tard, l'assassin au plumet avait déjà frappé. Mais qui était ce malheureux ? Et surtout, comment annoncer à Lady Bracknell qu'un cadavre était caché dans sa chapelle sans être aussitôt chassé du manoir à coups de pied au derrière ? C'était un sort que Voltaire ne se souhaitait pas à lui-même, ni en pleine nuit, ni au milieu d'une forêt où l'on entendait des hululements suspects.

CHAPITRE TREIZIÈME

Où Voltaire fait l'autopsie d'un poisson bien chaussé.

La chapelle était pourvue de chandeliers scellés dans les murs, ils allumèrent les mèches pour donner de la lumière. Depuis l'extérieur, un promeneur aurait eu l'impression qu'on se livrait ici à un culte magique dans la profondeur de la nuit, mais il était douteux que le personnel du manoir s'aventurât dans les bois à la lueur de la lune, plus encore les châtelains.

Voltaire se proposait de faire l'étude du cadavre pour répondre à une série d'interrogations et en premier lieu à celles-ci : qui était-il, de quoi était-il mort ?

– Vous avez donc des connaissances médicales ? dit Higginson.

– Inutile, rien ne résiste à l'examen d'une intelligence affûtée dont les raisonnements sont fondés sur la logique.

Le quaker admira fort ce talent et cette conviction. Voilà l'homme qu'on aurait dû employer pour aplanir les différends théologiques qui opposaient ici anglicans, catholiques et protestants depuis deux siècles.

Pour l'heure, l'expert ès raisonnements affutés se penchait sur la momie pour l'examiner de près, sa chandelle à la main.

Il était luisant. La peau était sèche, dure et brillante. Son aspect évoquait celui des poissons de la salle des trophées. La chair avait été conservée grâce à un vernis dont on l'avait enduit, par cette même technique qu'employait Lady Augusta pour naturaliser ses animaux aquatiques. Le crime était signé.

– Aidez-moi à le dévêtir, dit l'écrivain.

– Comment ? Comment ? répéta le quaker, qui n'avait de goût ni pour les dépiautages de cadavres, ni pour les promenades nocturnes, et de moins en moins pour les philosophes continentaux.

Il se borna à tenir la bougie tandis que Voltaire déposait un à un les habits sur le dallage. La peau était cartonneuse, les articulations molles comme celles d'un pantin de chiffon, la légèreté du corps suggérait qu'il s'était desséché de l'intérieur, toute humidité s'était évaporée.

La dentition était intacte. Ils avaient sous les yeux un homme jeune, dans les dix-huit ans. Ses mains aux doigts fins dotés d'ongles parfait qui paraissaient même manucurés, peut-être à cause du vernis, trahissaient une certaine fortune. Aucune trace de violences n'était visible. On ne pouvait exclure l'usage du poison, mais le fait que les vêtements étaient à peine trop larges malgré la dessiccation suggérait une grande maigreur, et donc plutôt un décès consécutif à une longue maladie. Un fort usage de médecines, potions et drogues avait pu favoriser la momification. Le ventre était creusé, les intestins paraissaient vides, ce qui laissait penser que ce malheureux ne s'alimentait plus durant ses derniers jours.

Voltaire s'intéressa aux habits. La coupe n'était pas ancienne et les étoffes ne s'étaient pas dégradées. Le pourpoint correspondait à ce qu'on portait environ cinq ans auparavant, Voltaire avait assez pesté contre cette mode du double rabat à laquelle il avait résisté avec autant de vigueur qu'à l'obscurantisme. Il avait eu raison, la mode en était passée, au contraire de la superstition.

Il remarqua au petit doigt une décoloration et un rétrécissement : il y avait eu là un anneau. C'était à ce doigt que les nobles portaient parfois une chevalière à leurs armoiries. Le défunt avait-il été dépouillé par des voleurs ? Non, on lui avait enlevé ce bijou avant l'inhumation – avant le vernissage. Par ailleurs, des voleurs auraient aussi emporté les coûteuses dentelles dans lesquelles il avait été remisé ici.

Toute une collection de chaussures avait été entreposée sur l'étagère du dessus. Le reste du placard était plein d'une foule de petits objets incongrus, encrier en argent, livres reliés, portraits dans des médaillons, comme si l'on avait voulu poser à côté de lui des souvenirs de sa vie passée. Plusieurs étaient aux armes des Bracknell, le défunt était lié à la famille du manoir. Les deux hommes se souvinrent que la duchesse avait déploré devant eux la perte de la quasi-totalité de sa parentèle au fil des épidémies de variole. Etait-ce un cousin éloigné emporté à l'occasion d'une visite et qu'on n'avait pas eu la place d'enterrer dans la crypte ?

– L'inhumation au vernis est-elle une coutume traditionnelle en Grande-Bretagne ? demanda Voltaire.

– L'indiscrétion dans les tombes d'autrui est-elle une coutume traditionnelle en France ? répondit le quaker.

Vu l'âge, l'apparence et le rang social du mort, Voltaire se demanda si le jeune duc n'avait pas eu un frère jumeau que la duchesse aurait omis de mentionner devant eux pour ne pas raviver la douleur de sa perte.

Ils replacèrent toute chose tant bien que mal où elle était, le quaker tenant la chandelle de biais parce qu'il détournait les yeux, Voltaire rhabillant le corps à la va-vite, pressé de vérifier son hypothèse, puis ils retournèrent à ce manoir dont les habitants cachaient tant de petits secrets, l'un avide de les découvrir, l'autre inquiet si on n'allait pas l'étrangler dans son lit à baldaquin parce qu'il en savait trop.

Voltaire entraîna Higginson jusqu'à la salle d'arme où trônait le gigantesque arbre généalogique illustré de vignettes à l'image des Bracknell de tous les temps. Il tira un meuble pour approcher au plus près du tableau, qui était en hauteur. La table fit sur le plancher un grincement capable de réveiller toutes les goules friandes de chairs desséchées dont ils venaient de déranger le garde-manger. Il resta faire le guet à la porte monumentale de la vaste pièce tandis que l'écrivain étudiait la descendance de « Fairfax le Hardi, 1035-1102 », un bonhomme avec un heaume et une rapière qui semblait annoncer ce qu'on faisait aux petits curieux chez les Bracknell.

L'écrivain examina ce récit historique en images, probablement tout aussi tissé de mensonges qu'une brochure des jésuites contre la liberté d'expression. Sans remonter à Dashiell Fairfax, compagnon d'armes de Henry VII, décapité sous Henry VIII, il s'intéressa aux branches de la famille dont les hommes étaient encore vivants à une dizaine d'années de là. Une fois éliminés Chandler Fairfax, qui avait passé soixante ans au jour de son trépas, Bartholomew Fairfax, disparu en terre étrangère, et Margery Fairfax, une blonde que seule la mention de son prénom permettait de situer du côté du beau sexe, le seul dont l'âge correspondait à la momie était le jeune Dorian, 10ᵉ duc de Bracknell. Mais il était toujours vivant. Une conclusion s'imposa dans le génial cerveau de l'immortel auteur de *La Henriade*. Il allait devoir en faire part à la duchesse avec tous les ménagements dont il était capable. Heureusement pour elle, il était le parangon du tact et de la délicatesse, elle avait de la chance dans son malheur.

CHAPITRE QUATORZIÈME

Où il se vérifie qu'on peut toujours compter sur les philosophes pour le tact et la délicatesse.

Le lendemain matin, la longue table de la salle à manger était dressée pour un délicieux petit-déjeuner à l'anglaise. Voltaire avait préféré attendre un peu pour annoncer les mauvaises nouvelles. Mieux valait être chassé d'ici le ventre plein. Higginson était averti des conclusions et de la révélation qui approchait, il n'avait pas fermé l'œil de la nuit, et sa main tremblait au-dessus de sa tasse en porcelaine de York.

Pour ce qui était de se remplir l'estomac, un autre obstacle se présenta, constitué par la nourriture elle-même. Le petit-déjeuner se composait d'œufs crus, de robustes charcuteries et de harengs marinés.

– C'est roboratif, dit Voltaire en contemplant les rouleaux de poisson plongés dans l'huile.

Son estomac criait au secours.

A l'autre bout de la table, Lady Augusta se contentait de tremper ses lèvres dans son porto, une liqueur qui expliquait peut-être sa résistance aux épidémies mortelles : les petites bêtes que les contagionnistes suspectaient de transmettre les maladies se dissolvaient probablement avant de devenir nuisibles. Le jeune duc n'était pas là, il avait mal dormi, sa grand-mère avait préféré qu'il prenne sa collation dans sa chambre. Sous l'égide d'un tel dragon domestique, le pauvre garçon ne devait pas souvent quitter son lit. Afin d'être seuls, Voltaire renvoya le valet chargé de remplir le verre de leur hôtesse avec une régularité de clepsydre.

– Je servirai moi-même Sa Grâce.

Il se transforma aussitôt en fontaine de porto. L'absence du jeune duc tombait bien, il avait des révélations à faire à son sujet. Il chercha la formule appropriée entre le hareng et les saucisses d'âne au paprika. Chaque fois que Voltaire ouvrait la bouche, le quaker était pris d'une paralysie de tous ses membres. Son tremblement le reprenait après que l'écrivain avait réclamé le sel, le sucre, le poivre, et tout autre condiment capable de cacher le goût de ce qui était dans son assiette. Enfin le Français trouva ce qui lui semblait être une expression toute de clarté et de finesse pour annoncer ce qu'il avait à dire.

– J'ai trouvé hier soir dans la chapelle le cadavre du véritable Lord Dorian. Ceux qui l'ont mis là ne pouvaient l'enterrer sous une dalle de la crypte, elles sont pesantes et il faut les sceller, ils l'ont enduit de votre vernis à poisson pour l'empêcher de se décomposer et l'ont fourré dans un placard avec l'ensemble de ses chaussures. Je suppose que le nouveau Dorian n'a pas la même pointure et qu'il importait de faire disparaître tout ce qui pouvait révéler la substitution.

Il sembla que la clarté l'avait emporté sur la finesse. Edward Higginson se pétrifia et pâlit comme si la tête de Charles Ier avait roulé sur la table. Quand il parvint à tourner les yeux du côté de Lady Augusta, il vit qu'elle continuait de siroter son porto sans un haussement de sourcil, ce qui témoignait d'une extraordinaire maîtrise du flegme britannique.

– Vraiment ? dit le traducteur pour relancer la conversation, qui semblait enlisée dans des supputations très déplacées à cette heure de la matinée.

Voltaire mit cette indifférence sur le compte de l'horrible choc causé par la surprise. Il entreprit de lui expliquer ce qu'ils avaient imaginé au fil de la nuit, lui et le quaker tremblotant qui se cachait derrière sa serviette de table. Un imposteur avait pris la place de son cher petit-fils à la faveur de l'épidémie avec l'intention de profiter de sa bonté. Le bonheur de voir son dernier descendant réchapper de la variole l'avait aveuglée au point de confondre un inconnu avec le cher enfant que la maladie avait rendu méconnaissable. Un malfaiteur, peut-être le médecin qui soignait la famille, ou le majordome du manoir – il avait noté qu'elle en avait changé récemment –, ou les deux ensemble, avaient opéré la substitution pour tromper leur bonne duchesse et lui imposer un bandit qui ressemblait de loin au variolique. On ne pouvait pas non plus exclure l'éventualité qu'ils avaient hâté son trépas.

Cette dernière idée fit enfin réagir la duchesse.

– Un assassinat ? Non, vraiment, pas du tout. Vous vous croyez chez les Macbeth, *sir Francis* ?

– Elle le prend bien, murmura le quaker, le nez dans son brouet qu'il faisait mine de touiller du bout de la fourchette.

L'absence de réaction de la châtelaine ne pouvait signifier qu'une chose : elle les considérait comme deux déments, ils avaient déjà un pied sur le perron, ce qui valait mieux que l'avoir dans la tombe ou dans le placard de la chapelle. Un remplissage de verre plus tard, Lady Augusta daigna livrer son opinion sur ce qu'elle venait d'entendre.

– Il n'y a plus eu de meurtre dans cette famille depuis le règne de Mary la Sanglante. Les Fairfax ne vivent pas assez longtemps pour être rattrapés par la politique. L'excès de graisse et les maladies sont plus rapides que les exécuteurs.

Un malaise confus s'empara tout à coup des deux hommes. Lady Augusta se comportait comme si Voltaire ne lui avait rien appris. Elle poussa un soupir vite étouffé par une rasade de vin vieux.

– Mon cher petit Dorian a succombé à la variole ainsi que ses parents et tous les autres, déclara-t-elle en reposant son verre.

Cette assertion allait à l'encontre du fait qu'un Dorian prenait à ce moment son petit-déjeuner de harengs dans l'aile sud. Elle jeta un regard à l'écrivain depuis une hauteur de cinq siècles.

– Vous ne comptez pas, je pense, répandre dans Londres nos petits secrets de famille ? Ce serait très inconvenant.

– Nous n'oserions rien faire d'inconvenant, s'empressa de

jurer le quaker, qui aurait donné tous les textes saints de sa religion pour monter tout de suite en voiture, quitte à devoir fouetter lui-même les chevaux.

Il y avait tout de même ce problème d'usurpation de nom, de titre et de fortune causé par la substitution. Ce n'était plus l'éventualité d'être chassés qui les inquiétait. Ils se demandaient si cette charmante bâtisse d'époque Tudor possédait un cul de basse fosse.

– Vous n'allez pas vous mêler des affaires privées de la gentry, je pense ? insista la dame au porto.

– Non, Lady Bracknell, répondirent-ils avec un ensemble digne des chœurs de la cathédrale Saint-Paul.

La liste des affaires dont ils ne devaient pas s'occuper s'allongeait à vue d'œil.

– J'ai dû me résoudre à cette solution pour éviter de perdre ma fortune, dit Lady Augusta en désignant d'un geste large les lambris de la salle où ils déjeunaient.

Selon les règles de succession en vigueur, si sa lignée s'éteignaient dans les mâles, le titre, le domaine et le patrimoine financier devaient être transmis en entier à un vague et obscur cousin de son mari au quatrième degré, qu'elle n'avait jamais vu et dont la première décision seraient de la chasser de son manoir, de sa maison de Londres et de son portefeuille financier. Elle n'était pas devenue duchesse pour finir à la rue avec ce qu'elle portait sur elle. Aussi avait-elle pris les mesures nécessaires pour empêcher cela : elle avait engagé une doublure.

– Cela s'appelle une adoption, dans d'autres pays, expliqua-t-elle entre deux lampées de porto. Hélas, une adoption officielle n'est en aucun cas admissible par la chambre des lords, nos règles ancestrales ne la prévoient pas, seules comptent les naissances légitimes dans le cadre du mariage. C'était Dorian ou le cousin.

Voltaire entrevit les conséquences de cette situation. Elle avait eu besoin d'assistance pour exécuter un ténébreux projet. Il fallait dissimuler la triste fin du jeune homme, stipendier le médecin, trouver ici ou là un inconnu qui lui ressemblait, donc engager un chasseur de têtes, former la recrue en toute hâte, l'habituer à imiter celui qu'elle remplaçait ; un troisième larron avait dû lui inculquer les subtilités du comportement aristocratique, ce sel de la vie qui plaçait la noblesse anglaise tellement au-dessus de tous les peuples du monde, à l'exception peut-être des mandarins aux ongles interminables qui se nourrissent à l'aide de baguettes et récitent des poésies millénaires.

– Chère Lady Bracknell, dit Voltaire, votre majordome est nouveau ; qu'est-il advenu de l'ancien ?

Il avait pris sa retraite.

L'écrivain établit mentalement la liste des complices indispensable à ce montage : le médecin zélé qui n'avait pas déclaré le décès, le fidèle majordome qui n'avait pas dénoncé la substitution, l'homme chargé de trouver un sosie… Quel pouvait être le métier de celui-ci ? On avait peaufiné la culture aristocratique du remplaçant pendant qu'on faisait courir le bruit que le malade se remettait lentement, la convalescence avait dû s'étirer sur des mois. Il avait fallu le montrer avec parcimonie et le chaperonner constamment, s'arranger pour lui indiquer avec discrétion l'identité des personnes qui se présentaient à lui… Voilà qui réclamait un don de mimétisme et des facultés d'assimilation.

– Un acteur ! s'écria Voltaire, ce qui fit sauter en l'air le hareng que le quaker s'était enfin décidé à diriger vers sa bouche.

Voltaire venait d'établir le lien avec les meurtres qui les avaient conduits ici. La seule victime qu'il n'arrivait pas à rattacher à cette affaire était ce comédien du théâtre de Drury Lane, Thimothy Merriman, que l'on avait assassiné.

Le verre de porto resta suspendu à mi-chemin de la table et de la duchesse.

– Merriman est mort ? demanda Lady Augusta, qui témoignait de la surprise pour la première fois de la matinée.

Voltaire avait cité l'homme qui avait présenté le nouveau

Dorian à la duchesse. L'interprète du duc de Clarence dans *Richard III* leur avait déniché la perle rare, un grand blond d'une vingtaine d'années dont la ressemblance pouvait convenir. Merriman avait payé cet exploit de sa vie, de même que le médecin Bunbury et le majordome Tobias Lane.

Ce fut au tour de la duchesse de pâlir.

– Existerait-il un complot contre nous ? Mais qui pourrait en vouloir à une dame de la haute société et à son petit-fils qui ne voit jamais personne ?

Quelqu'un qui connaissait leur secret s'était donné pour tâche de supprimer tous ceux qui avaient accompli la substitution, en finissant par elle et par le jeune lord.

– Comment s'appelle votre cousin ? demanda Voltaire.

Il n'existait désormais plus de preuve de la substitution, la formation du faux Dorian était accomplie, il possédait les manières nécessaires à son rôle, il ne pouvait plus être dénoncé par quiconque. La disparition des deux derniers Bracknell était le seul recours dont disposait le cousin s'il voulait hériter. Cela expliquait la position de Lady Augusta dans le carnet de Jack Worthing, tout en bas d'une série de personnes à assassiner.

Lady Augusta frémit. Voltaire lui expliqua la liste de ses ennuis. Elle s'offusqua d'apprendre qu'ils la savaient menacée depuis plusieurs jours et ne lui avaient rien dit.

– Comptiez-vous garder cela pour vous ou le murmurer sur mon cercueil ? demanda-t-elle en faisant signe de remplir le tonneau des Danaïdes qui lui servait de gobelet.

Algernon Bunbury était bien ce médecin de famille qui avait enterré plusieurs d'entre eux.

– Et vous l'avez recommandé pour aller soigner d'autres patients titrés ? s'étonna le quaker.

– Parfaitement, à tous mes amis, répondit la duchesse.

– Mais il a enterré votre parentèle !

– Ils ont été fort bien enterrés, ils n'ont aucun sujet de plainte.

– Lady Augusta, dit Voltaire, pardonnez-moi de vous

poser une question si brutale, mais elle me semble d'importance : qu'avez-vous prévu pour votre protégé dans le cas où il vous survivrait ?

Un petit patrimoine lui était réservé par testament afin de le récompenser de sa prestation.

– Pardonnez-moi, dit l'écrivain, mais étant donné que tous vos biens iront au cousin éloigné…

Elle avait acheté une fermette sur ses bien propres et lui léguait un beau bijou qui lui venait de sa mère, un bracelet de saphirs dont la vente lui permettrait de subsister correctement jusqu'à la fin de ses jours. Ce testament était déposé chez un homme de loi, la supercherie y était mentionnée aussi. Elle ne souhaitait pas laisser à un usurpateur le titre et la fortune des Fairfax.

– J'ai une dernière question, dit l'écrivain. Auriez-vous acquis récemment une très belle aigrette blanche en plume de paon ?

– Pas du tout, répondit la duchesse.

Si ce Français n'avait pas tenu jusqu'à présent un discours empreint d'une certaine logique, elle aurait pensé que ces préoccupations de modiste étaient le signe qu'il déraisonnait.

Voltaire se demandait si le jeune homme n'avait pas découvert les intentions de sa bienfaitrice. Il lui serait loisible de faire annuler le testament en la faisant déclarer folle post mortem ; il se trouverait bien un médecin pour déclarer qu'elle était gâteuse, Lord Bracknell n'aurait qu'à offrir à cet homme la fermette et le bracelet.

Un bruit de pas rompit le silence qui était sur le point de s'appesantir. Plusieurs paires de souliers faisaient résonner le parquet de la salle contiguë. La porte s'ouvrit à deux battants, le jeune Lord entra, suivi d'un valet qui portait une boîte sur un plateau d'argent.

– Bonne fête, grand-mère Augusta ! dit-il d'une voix forte tandis que le domestique s'inclinait devant la duchesse en lui présentant le cadeau.

L'inquiétude suscitée par leur conversation se dissipa à

l'instant.

– Comme c'est gentil, Dorian ! dit la destinataire du présent. Une belle marqueterie d'un des plus élégants ébénistes de Bond Street ! J'y rangerai mon ombrelle !

Le nouveau Dorian était aussi charmant, aimable et attentionné que l'ancien, elle n'avait qu'à se louer de sa petite entourloupe. Ces écrivains français étaient de mauvais plaisants qu'elle n'aurait jamais dû inviter chez elle, cette erreur allait être bientôt réparée.

On avait affublé ce jour-là l'héritier d'une veste rose à passementeries dorées ; rose aussi la broche de cravate, la plume piquée dans son chapeau blanc, le tout dans le ton exact de ses lèvres, ce qui lui donnait la grâce d'une bonbonnière.

– Le vrai cadeau est à l'intérieur, grand-mère Augusta, précisa l'héritier blond et frais.

– Mais bien sûr, j'ouvre tout de suite ! répondit la duchesse.

Elle fit basculer le couvercle et découvrit, sur un coussin de velours rouge, une splendide plume de paon d'un blanc pur et délicat.

– Cette aigrette ira très bien avec votre tenue de gala, dit Lord Dorian. Vous pourrez l'étrenner aux prochaines courses équines de Newmarket, par exemple.

La duchesse restait sans voix.

– Tous les parfums de l'Arabie ne purifieraient pas cette jolie main, récita Voltaire.

La comparaison avec les Macbeth lui semblait tout à fait appropriée, en fin de compte.

Plus personne ne disait mot. Le visage de Lady Bracknell exprimait un mélange d'horreur, de dégoût et d'incrédulité. La surprise ne fut pas moins grande chez le jeune homme, dont le regard passa de la vieille dame au quaker, qui n'aurait pas été plus blême d'épouvante s'il s'était trouvé au château de Bran dans les Carpates ; ce regard s'arrêta sur l'écrivaillon d'outre-Manche qui l'observait avec l'intérêt d'un entomologiste pour un insecte particulièrement tordu, bizarre, autant dire monstrueux.

Le faux Dorian ouvrit la bouche pour poser une question, mais il la referma, car toutes les réponses venaient de lui être données sans qu'il fût besoin de parler. Il salua la duchesse d'un mouvement mécanique et se retira sans autre bruit que le frottement de ses semelles sur les parquets.

Voltaire remplit le verre de son hôtesse, qui le vida d'un trait.

– Gentlemen, je dois maintenant réfléchir à une situation dont l'intérêt purement familial ne peut souffrir la présence d'étrangers, je vous prie donc de quitter cette maison.

Ils s'estimèrent heureux d'avoir le temps de boucler leurs bagages et d'être reconduits en calèche au relais de poste le plus proche.

CHAPITRE QUINZIÈME

Où l'on voit Voltaire faire preuve de tolérance à la manière de Richard III.

L'événement de ce printemps était la création de *The Beggar's Opera*, *L'Opéra du Gueux*, au Lincoln's Theatre d'Inn Fields. Il était impensable qu'une première dont bruissait toute la ville eût lieu sans que Voltaire fût invité, aussi pria-t-il Earnest Moncrief de lui procurer le billet de faveur que les auteurs avaient oublié de lui adresser.

Il s'agissait d'un opéra satirique plein de voleurs et de prostituées, composé en réaction à l'omniprésence de l'opéra italien plein de princesses. Le compositeur avait plaqué sur le livret des mélodies d'hymnes religieux et de ritournelles populaires. L'idée de départ était de Jonathan Swift, l'auteur de *Gulliver*, un succès de librairie tout récent que Voltaire avait lu dans la langue originale.

Les deux hommes prirent place dans l'avant-loge retenue par l'under-marshal.

– Ce Swift est un génie, dit Moncrief, il sait tout faire.

– Oui, répondit son voisin de loge, nous sommes comme ça.

– On dit aussi qu'il est atteint d'une maladie chronique et qu'il est à moitié fou.

– C'est un travers que les génies peuvent éviter par un régime alimentaire très strict.

– Savez-vous qu'il a publié un roman dont les héros habitent un satellite de la planète Mars ?

– Il aurait dû s'en tenir aux lentilles, diagnostiqua le Dr Voltaire, avant de noter cette idée pour un conte plein de sagesse qu'il intitulerait *Micromégas*.

Le programme annonçait une ouverture à la française suivie de soixante-neuf chansons réparties sur trois actes. Le nom des actrices qui interprétaient ces prostituées était précédé de la mention « Mrs ». En Angleterre, les comédiennes étaient des « madame », tandis qu'en France elles restaient toute leur vie des « mademoiselle », mariées ou non. Les Français jugeaient incorrecte l'idée qu'une actrice qui s'exhibait devant tout le monde pouvait être l'épouse de quelqu'un, tandis que les Anglais pensaient exactement le contraire : le mot « Mrs » était censé protéger l'artiste de la lubricité des hommes. En bons catholiques, les Français préféraient protéger l'institution du mariage plutôt que la mariée.

Depuis leur perchoir, ils aperçurent un plumet blanc qui fendait la foule. Accompagnée d'un serviteur, Lady Bracknell venait d'entrer dans la salle et se dirigeait vers sa loge.

– J'aurais cru qu'elle renoncerait à porter cet article de toilette, dit Voltaire. Elle est téméraire.

– Et obstinée, renchérit Moncrief. Ce n'est pas le genre de femme que l'on soumet à des injonctions.

L'orchestre joua l'ouverture à la française, que nul n'écouta vraiment ; le morceau n'avait pas pour but de mettre un terme aux conversations, il servait à installer l'ambiance de la comédie.

Voltaire s'était demandé si ces dames interpréteraient leurs rôles les seins à l'air pour ressembler à des filles publiques. Elles se contentèrent de jouer tête nue : des femmes sans chapeau, c'était des gueuses. L'un des voleurs se nommait Bob Booty, le surnom du premier ministre.

– Bien ! dit Voltaire. A Paris, le théâtre aurait été fermé dès la première scène.

Les personnages qui entonnaient ces vieux airs connus que l'auteur avait dotés de nouvelles paroles pleines d'esprit étaient tous des malandrins, des voyous, des fripons. Le héros, un bandit de grands chemins nommé MacHeath, avait épousé une femme et fait un enfant à une autre, c'était un chef-d'œuvre d'immoralité. La première scène était entre un maquereau et une maquerelle qui reprochaient à leur fille de s'être laissé épouser au lieu de coucher pour de l'argent. Si Voltaire avait eu un instrument dans lequel souffler chaque fois qu'un passage pouvait justifier l'interdiction du spectacle et l'incarcération dans un donjon de l'auteur, du compositeur et du directeur, il aurait passé la soirée à jouer de la trompette.

Tire-laine et filles faciles s'exprimaient avec l'accent du faubourg. Voltaire n'avait déjà pas trouvé très correct de torturer les gens sur scène dans *Le Roi Lear* ; en France, Corneille avait été obligé de faire passer ses personnages en coulisses s'ils devaient donner ou recevoir des coups d'épée ; il était aussi interdit de mourir en public, l'auteur devait se débrouiller pour les faire clopiner côté cour ou côté jardin avant l'issue fatale. Pour ce qui était de l'art théâtral, l'Angleterre lui parut très en avance ou très en retard. Il avait beau prétendre à la modernité, ces vulgarités outrepassaient sa tolérance.

Après le duo des adieux entre le couple vedette, le rideau tomba sur le premier acte. Voltaire haussa les épaules comme le faisaient les Français qui n'aimaient pas les comédies anglaises.

– Quel curieux geste, dit Moncrief.

Le policier s'essaya à ce mouvement susceptible de faire découvrir aux Anglais de nouveaux muscles pour lesquels la bienséance ne prévoyait pas l'usage.

Des hommes en manches de chemise s'affairaient derrière le rideau, ils suaient à grosses gouttes pour transporter meubles et décors. La salle était elle aussi sujette à un déplacement de population. Le va-et-vient de perruques enfarinées faisait ressembler le théâtre à un moulin plein de meuniers. Les amis des acteurs se dirigeaient vers les coulisses pour les féliciter pendant les changements de costume. Les autres spectateurs essayaient d'atteindre le cabaret voisin, un lieu de mauvaise réputation car les personnes des deux sexes s'y côtoyaient. On s'y bousculait et, qui sait, l'épaisseur des jupes ne vous protégeait pas toujours d'une main venue s'égarer où elle ne devrait pas. La duchesse n'y mit donc pas les pieds, mais envoya son domestique lui chercher un plat et des boissons tandis qu'elle demeurait sur sa chaise, coiffée de sa plume de paon, le visage derrière son éventail.

Une ombre se glissa derrière elle. Son corps eut un soubresaut puis bascula en avant. Moncrief tira de sa poche le sifflet dont Voltaire avait eu l'idée et souffla dedans. Des acolytes en civil barrèrent les sorties de manière à intercepter l'assassin sans provoquer de panique. L'under-marshal saisit la canne-épée de l'écrivain, sauta la barrière de la loge, qui était au niveau du parterre, et bondit dans le corridor, où il se trouva nez à nez avec une personne dont la carrure était celle d'une femme en habits masculins.

– On peut dire que cette soirée ne manque pas de coups de théâtre ! dit Moncrief.

– C'est le meilleur retournement de la pièce, approuva Voltaire, qui arrivait au pas de course après avoir fait le tour.

Curieusement, au lieu de s'enfuir ou d'attaquer, la meurtrière resta immobile.

– Je t'en prie, Jack ! Arrête ! s'écria-t-elle.

Voltaire aperçut du coin de l'œil un comparse qui bondissait sur eux le poignard à la main. Il bouscula Moncrief, si bien qu'ils s'avachirent tous deux sur le tapis tandis que les assassins filaient par l'escalier.

– Ne les laissez pas s'échapper ! cria l'under-marshal à ses hommes de main qui accouraient.

A peine eurent-ils remis de l'ordre à leur tenue qu'ils apprenaient la fuite les bandits par les toits du théâtre au prix d'acrobatie que les inspecteurs n'étaient pas en mesure d'imiter.

– Nous aurons au moins fait la connaissance de Lily la Tigresse et de Jack Worthing, dit Moncrief.

De toute évidence, Tiger Lily avait ordonné à son comparse d'épargner leur adversaire, on hésite souvent à tuer un policier.

– Ces assassins ont des états d'âme, ça les perdra.

Pour l'heure, ils devaient leur vie à ces hésitations.

Voltaire commençait à se demander s'il n'existait pas une seconde possibilité.

Ils entrèrent dans la loge de la duchesse. La plume de paon avait été piquée dans la perruque d'un mannequin de foin à tête de bois qui avait reçu le coup de poignard. Lady Bracknell était dans la loge d'à côté, sous sa voilette, elle s'y était transportée dès que la salle avait été plongée dans l'obscurité, tandis que les hommes de l'under-marshal installaient à sa place le pantin vêtu comme elle, aux traits dissimulés par l'éventail.

Elle espérait à présent que la police la débarrasserait de l'ingrat dont elle avait eu le tort de faire la fortune. Le plumet que Dorian lui avait offert était une condamnation à mort, il venait de démontrer ses mauvaises intentions, qu'on l'arrête et qu'on l'enferme.

– Méfiez-vous de l'homme désespéré, dit Voltaire, qui avait entendu cela dans une tragédie très connue, il est capable de toutes les folies !

Moncrief haussa les épaules.

– Qu'est-ce que c'est que ce mouvement vulgaire, je vous prie ? demanda Lady Augusta.

– C'est français, répondit le policier.

– C'est bien ce qu'il me semblait.

Déjà les battements du bâton annonçait le début du deuxième acte. Les deux hommes s'assirent de part et d'autre de la duchesse pour prévenir tout nouvel attentat, et puis on avait de là une très bonne vue.

La scène représentait l'intérieur d'une taverne. Le héros, ce voleur séducteur, était couvert de femmes à la vertu douteuse habillées très au-dessus de leurs moyens – c'était la condition posée par les actrices pour accepter d'endosser de tels rôles. Voltaire se mit à déchiqueter le programme avec les dents.

L'assistance reprenait en chœur les chansons, comme à l'auberge.

– Si la musique est la pâture de l'amour, jouez encore, donnez-m'en à l'excès, de sorte que ma faim gavée languisse et meure, récita Voltaire.

– Ce n'est pas *La Nuit des rois*, dit Moncrief.

Après un changement à vue, l'action se transporta dans une lugubre cellule de la prison de Newgate. Le héros avait séduit la fille du geôlier, ce qui était très prévoyant de sa part. S'il l'avait été encore plus, il aurait omis de promettre à cette demoiselle le mariage qu'il avait déjà accordé à une autre, ce qui gâta un peu ses chances d'obtenir d'elle la clé des champs. Elle finit par déclarer qu'elle aurait plaisir à le voir subir la torture.

– Pas nous, dit Voltaire.

Au deuxième entracte, les acteurs demeurèrent dans les loges, sauf ceux qu'un besoin naturel poussait à fréquenter les lieux d'aisance. Il se déroula sans incident, on se crut tiré d'affaire.

Avec le troisième acte reprirent les aventures du malandrin MacHeath et des belles Polly et Lucy qui se disputaient pour savoir de qui cet homme ferait le malheur, probablement des deux. On eut enfin un moment émouvant lorsque Lucy tenta d'empoisonner Polly avec un verre de mort aux rats. Puis les deux jeunes femmes implorèrent leurs pères respectifs de sauver leur amant, qui venait d'être arrêté par la police dans le lit d'une troisième ingénue.

– Très bien, cela s'arrange, dit Voltaire, qui n'avait jamais vu de telles horreurs même sur les tréteaux des foires.

Il y avait là le ferment d'une belle tragédie en toge où ces demoiselles viendraient pousser des cris en alexandrins sur le devant de la scène, il suffisait d'ajouter quelques coups de poignards. Voltaire craignit que ces coups de poignards ne viennent tout de même sans avoir été prévus. Voyant son voisin se lever, Moncrief supposa qu'il s'en allait respirer dehors avant de succomber à un excès de modernité théâtrale.

La scène suivante se déroulait dans une maison de jeu. La fenêtre à barreaux fut hissée hors de vue, un élégant rideau de velours tomba du ciel pour le remplacer. Les cloisons furent détachées, pivotèrent et devinrent les murs d'un salon éclairé par des lustres, tandis que les machinistes apportaient des tables recouvertes d'un tapis vert.

Puis l'action se transporta dans le repaire des voleurs, un hangar rempli de marchandises. Pour ne pas avoir à changer le décor, on avait entassé quantité d'objets qui figuraient le butin. Une grosse dame habillée en marchande vint chanter « Au temps de ma jeunesse je roucoulais telle une tourterelle ».

De retour à la prison de Newgate, les spectateurs virent quatre jeunes femmes se déclarer enceintes du héros, qui fut condamné à la potence. Mais comme il fallait un *happy ending*, le séducteur fut gracié in extremis et la pièce se conclut par un mariage, prétexte à bacchanales.

A ce moment, au milieu de la sarabande, Moncrief vit un gardien de la prison lever ce qui ressemblait fort à une arbalète qu'il pointait en direction de la loge depuis laquelle Lady Augusta assistait à ces merveilles. Tout juste eut-il le temps de crier « Prenez garde ! », sans autre effet que de mêler sa voix aux chansons des comédiens et aux acclamations du public. Il vit alors un autre gueux de la troupe abattre sur la tête du geôlier un bouclier d'époque Richard III qui n'avait rien à faire là. Le carreau d'arbalète se planta dans la cloison en pierres de carton-pâte, et le rideau tomba dans un tonnerre d'applaudissements.

Dans les coulisses, Voltaire ôtait son costume de mendiant tandis qu'on liait Lord Dorian, toujours inconscient. Il demanda ce qui allait advenir de ce garçon. Le juge l'enverrait au Bedlam Hospital, un beau bâtiment très propre où il se sentirait comme en son manoir, Lady Bracknell en moins. Cette maison d'aliénés était située dans le paisible quartier de Moorfield, au milieu d'un vaste parc, les pensionnaires étaient enchaînés et pouvaient crier tant qu'ils voulaient. Moncrief y avait séjourné à l'époque où il craignait que son amnésie ne s'aggrave en maladie mentale. On y expérimentait des méthodes révolutionnaires d'hydrothérapie à base de bains froids que Lord Dorian aurait certainement à cœur d'essayer. Qui aurait dit que cet homme finirait par se rendre utile au progrès de la science ?

Voltaire s'étonna. Moncrief n'allait donc pas révéler l'imposture ?

– Un scandale ? dit le policier. Aucune vérité ne mérite qu'on provoque des remous inutiles, nous avons eu notre compte avec les théories de Newton !

Dorian Fairfax déclaré fou et interné à vie, la duchesse pourrait continuer à jouir de sa fortune jusqu'à la fin de ses jours. On étoufferait la substitution, qui de toute façon ne pouvait plus être démontrée, sauf à prendre au sérieux l'autopsie d'une momie par un Français, or les Français avaient toujours tort, un fait établi depuis la guerre de Cent-Ans.

– Il n'y a pas de momie, dit Lady Augusta.

Elle s'en était débarrassée, et tous les supplices de la Tour de Londres ne lui feraient pas dire dans quel cimetière elle l'avait enterrée.

Le faux Dorian reprit ses esprits pour être emmené, il s'en prit au policier.

– Vous ! Tout est de votre faute !

– J'ai accompli mon devoir, répondit Moncrief.

– Votre devoir ? Traître ! Vous m'aviez promis ! Nous étions d'accord ! Vous avez tout gâché !

Nul ne pouvait plus douter de sa folie, l'expertise médicale serait plus facile que prévu.

– C'est la première fois que je vois cet homme de ma vie, déclara le policier tandis qu'on poussait le criminel vers le fourgon.

– Nous finissons par haïr ce que nous craignons trop, dit Voltaire, qui venait de lire *Antoine et Cléopâtre*.

Il demanda si on allait enfermer cet homme par le moyen d'une lettre de cachet.

– Point du tout, ce temps est révolu. On vit ici selon la règle de l'Habeas Corpus : nul ne peut rester détenu sinon sur l'ordre d'un juge et pour un motif légal.

– Voilà qui m'aurait épargné un an de Bastille ! Vous

n'avez donc pas de Bastille ?

– Nous avons la Tour de Londres.

C'était bien de se renseigner, on ne sait jamais de quoi l'avenir est fait.

CHAPITRE SEIZIÈME

Où l'on voit que la littérature sauve de tout.

Après avoir enterré Cendrillon, le comte de Perrault avait rencontré la sorcière Bracknell, l'ogre Bolingbroke et le prince charmant Dorian.

– C'est vrai ! dit Moncrief. Nous avons même eu le lutin !

– Qui était-ce ? demanda Voltaire en battant des jambes contre le bas du fauteuil chippendale qu'il n'atteignait pas.

Les deux hommes savaient maintenant que le faux Dorian s'était adressé non à un seul tueur, mais à une confrérie. L'under-marshal avait sur les bras une affaire autrement grave qu'un différend familial un peu vif. Il devait pincer l'organisateur de ces méfaits. Qui pouvait-il être ? Confortablement installés dans le salon du policier, ils dressèrent le portrait moral de ce bandit. C'était un homme intelligent, habile, qui se jouait des autorités. Etaient-ils confrontés à un policier dévoyé ? Le malfrat devait être libre de ses mouvements et de son temps, sans doute était-il célibataire et sans enfant. L'efficacité de son réseau reposait sur une organisation méticuleuse, il n'était ni analphabète ni idiot. Les sommes importantes dégagées par cette activité lui permettaient d'habiter dans un beau quartier, là où les *constables* n'avaient pas d'indicateurs, il pouvait y vivre dans le luxe sans attirer l'attention. Ses acolytes avaient pour lui une dévotion, il devait être sympathique, c'était un meneur d'hommes.

– Je ne vois personne qui corresponde à ce portrait, dit Moncrief.

Il lui fallait une liste de policiers londoniens qu'il puisse comparer avec ce cahier des charges. Il quitta la pièce pour envoyer un mot à ses supérieurs.

Voltaire en profita pour jeter un coup d'œil dans le secrétaire de l'under-marshal, une méthode idéale pour patienter sans risquer de s'ennuyer. L'un des tiroirs était rempli de papiers de banque où figuraient les sommes portées au compte de son hôte. Les dates des dépôts retinrent son attention, il fit un effort pour se remémorer celles des assassinats et s'installa dans un fauteuil pour réfléchir à la signification de tout cela.

– Vous aussi, vous croyez que je suis coupable ? dit une voix dans son dos.

Moncrief avait lu par-dessus son épaule.

– Cela m'en a tout l'air, dit l'écrivain. Je crois qu'on appelle cela une preuve comptable.

Earnest Moncrief, l'honnête policier, et Jack Worthing, l'immonde organisateur d'assassinats, avaient de fortes chances d'être la même personne. Non seulement Moncrief correspondait au portrait qu'il avait lui-même dressé, mais comment expliquer que les profits de l'un aient été versés au portefeuille de l'autre ?

– Ce n'est pas à son comparse que Lily la Tigresse a crié « Arrête », au théâtre : c'est à vous.

L'under-marshal était blême.

– Je commençais à m'en douter. On est souvent désappointé d'être trompé par ceux que l'on fréquente ; il est encore plus fâcheux de l'être par soi-même.

Il ouvrit un autre tiroir du secrétaire, y prit un beau modèle de dog-lock pistol à deux coups que l'on pouvait recharger en moins de deux minutes avec une poire à poudre et de la minutie. L'arme se pointa sur Voltaire, qui craignit qu'un mouvement malheureux du doigt ou de l'esprit n'abrège des jours si précieux à la pensée moderne. Mais Moncrief-Worthing poursuivit son geste et le canon vint se poser sur sa tempe.

– Pardonnez-moi, dit-il avant que son index ne presse la

gâchette pour actionner la pierre à briquet, déclencher l'allumage de la mèche et provoquer une explosion accompagnée d'une flammèche qui lancerait vers son crâne le projectile propulsé par cet engin de précision.

Cela fit « glonc ». Moncrief écarta l'objet et le considéra avec étonnement. Il le gardait toujours chargé et prêt à servir depuis que son amnésie lui avait fait perdre la mémoire de ses ennemis : il craignait qu'un fantôme surgi de son passé ne vînt chez lui régler des comptes dont ils n'avait pas même idée. Il n'aimait pas l'idée que sa mort ait un visage qui ne lui évoquerait rien.

Son regard rencontra celui du petit Français à perruque longue qui sirotait son brandy dans le fauteuil opposé.

– Ainsi vous saviez déjà…, dit Moncrief. Vous avez ôté la balle.

– Je n'ai aucune idée du fonctionnement de ces machines, dit Voltaire avec le geste de chasser des mouches, je l'ai juste plongé dans l'eau, je me disais qu'une fois mouillé il fonctionnerait beaucoup moins bien.

La vie de Moncrief n'avait tenu qu'à la précocité de leur entretien : vingt-quatre heure plus tard, la poudre aurait séché et la balle lui aurait traversé l'occiput.

– Je n'ai pas l'intention de laisser vivre un monstre, même s'il s'agit de moi, dit le policier.

– Inutile de tuer l'homme que vous étiez au nom de celui que vous êtes. Ce criminel n'est plus, il a disparu quand vous avez perdu le souvenir de son existence. Que sommes-nous sinon la mémoire de notre passé, de nos actes, de nos choix ?

Tous ces mois derniers, l'under-marshal avait regretté qu'un coup sur la tête lui ait fait perdre le souvenir de ses prouesses passées. Aujourd'hui, il comprenait qu'il n'avait fait qu'enquêter sur une organisation criminelle dont il était l'auteur. Il allait devoir s'arrêter lui-même.

– Les blessures qu'un homme s'inflige guérissent difficilement, dit Voltaire-Shakespeare-Troilus.

Moncrief ne se voyait échapper au déshonneur que dans la

fuite ou dans la mort.

– C'est en général ce qu'on fait quand on est perdu de réputation, n'est-ce pas ?

Voltaire répondit qu'il n'en savait rien, il s'était exilé de son plein gré après un malentendu, sa situation n'avait rien à voir. En tout cas, si le policier désirait s'enfuir en France, on pouvait lui donner des recommandations, notamment pour M. René Hérault, un Parisien très accueillant.

– Qui est-ce ?

– Un ami. Il m'adore. Parlez-lui de moi dès que vous le verrez.

Avec un peu de chance, le malotru coucherait à la Bastille dès le premier soir.

– Allons ! dit Voltaire. Ne nous laissons pas abattre par l'adversité ! Je suis sûr qu'il existe une troisième possibilité.

Ce secrétaire contenait encore des tiroirs qu'il n'avait pas ouverts. Ils trouvèrent dans l'un d'eux un papier où l'on avait griffonné « 007 Bedford Head ». La figure de Moncrief s'éclaira.

– Allons à la rencontre de Jack Worthing !

La nuit était tombée depuis longtemps, il y avait même un peu de brouillard. Devant la taverne Bedford Head stationnait un fiacre pareil à tous les autres, dont la plaque métallique portait le numéro 007.

– Tu me reconnais, mon brave ? demanda Moncrief en se postant près de la lanterne fixée sur la voiture.

– Bien sûr, Mr. John, dit l'homme.

Ils le prièrent de les mener à « l'endroit habituel ». Le cocher lança ses chevaux, et l'inquiétude s'accrut à mesure qu'on s'éloignait des beaux quartiers. Les riches qui vivaient à l'ouest de la ville se défiaient des pauvres qui peuplaient le côté est, c'était un peu la cité d'or contre la cour des miracles. La voiture s'arrêta dans un coin mal famé, près des docks au sud de Whitechapel. Avant de s'enfoncer dans la brume qui montait du fleuve, Moncrief donna un ordre au cocher, qui s'éloigna d'eux au trot de son cheval.

Des nappes de bouillard voilaient les venelles. C'était là sans doute que les attendaient Father MacKenzie, Tiger Lily et Phileas.

– Nous appelons cela du *fog*, dit Moncrief.

Ils devaient retrouver Phileas dans le *fog*.

Voltaire était d'autant plus inquiet qu'il n'était pas tout à fait sûr que son compère résisterait indéfiniment à la tentation de revenir à son ancienne vie. D'autant qu'il était armé d'un pistolet dont il avait remplacé la poudre mouillée, tandis que Voltaire ne l'était que de sa seule conviction. Moncrief s'était-il irrévocablement converti au bien et à la raison ? N'allait-il pas retomber dans ses erreurs passées ? L'incertitude n'était pas délicieuse.

Ils entendirent dans leur dos une cavalcade. Les bandits fondirent sur eux et les acculèrent dans une impasse. Moncrief fut attaqué par l'homme qu'ils avaient déjà affronté au théâtre et qui devait être le nommé Phileas ; celui vêtu en pasteur s'en prit à Voltaire, tandis que la femme restait en retrait, indécise.

A la surprise de l'écrivain, Moncrief maîtrisa sans peine son assaillant, ce qui suggéra qu'il pouvait bien avoir un passé de mauvais garçon. Father MacKenzie enfonça son couteau dans la poitrine de Voltaire, mais l'arme se ficha dans l'exemplaire de *La Henriade* qui ne quittait jamais la poche intérieure de son auteur. Sauvé par la littérature ! On ne s'attaquait pas impunément aux œuvres les plus solides des lettres françaises, elles étaient indestructibles, de même que la reliure pleine peau à une guinée la pièce. La lame avait traversé jusqu'au chapitre 12, Voltaire avait de la chance d'être un auteur prolifique. Il allait continuer d'écrire, les livres se révélaient une bonne protection contre les bas instincts.

– Pardonner est une action plus noble et plus rare que celle de se venger, dit-il à son agresseur.

– Hein ? fit le faux pasteur.

L'écrivain vit avec déception que les crapules anglaises ne connaissaient pas bien *La Tempête*.

– *Let it be !* dit-il en abattant sa *Henriade* sur la tête de

Father MacKenzie, qui s'écroula.

– La police de Londres vous en commande cinq exemplaires ! déclara l'under-marshal.

Ils avaient deux bonshommes étendus sur le sol et une tigresse coincée au fond de l'impasse. Moncrief les dévisagea en cherchant à se rappeler quelque chose d'eux. Ils tenaient là trois redoutables assassins aux méthodes imparables, une qui jouait du couteau, l'autre qui vous écrasait la gorge, et le troisième, sous ses dehors de clergyman, était capable de vous étrangler avec son chapelet.

– Tu as changé, Jack, dit Tiger Lily, tu es devenu fou !

Moncrief considéra la face angélique de la jeune femme, l'habit religieux du *father* et l'air féroce du troisième.

– Est-ce donc moi qui ai fait de vous des monstres ? demanda-t-il.

Lily voulut s'échapper, il la retint par le poignet.

– Je l'ai empêché de te tuer ! protesta-t-elle.

– L'homme que tu protégeais est mort depuis longtemps, ma belle.

– J'ai tout fait pour t'aider à te souvenir ! Je t'ai même fait venir à la taverne du Cocoa Tree Chocolate House pour que tu me voies tuer ce bellâtre de médecin !

Moncrief comprit qu'il n'avait pas été blessé en poursuivant des malfrats : il l'avait été alors qu'il protégeait leur fuite !

– J'avais raison de vouloir te tuer ! dit Phileas.

– C'était inutile, j'étais déjà mort, répondit l'ancien chef de bande.

Voltaire admira ce renversement produit par l'action de la raison sur l'esprit d'un ancien criminel devenu ce qu'il devait être. Quel dommage qu'il fût besoin de coups de bâton pour parvenir à ce résultat ! Voltaire espérait le reproduire chez d'autres par la lecture d'un traité qu'il se proposait de composer pour le bien de l'humanité et qui ferait le même effet.

Il prit dans la poche du policer ce précieux sifflet que

Moncrief transportait à présent partout avec lui et souffla dedans. Les renforts que le fiacre était allé chercher arrivèrent de partout, l'impasse grouilla bientôt de *constables*.

– L'under-marshal a appréhendé une bande d'assassins, déclara Voltaire.

Tandis que les nouveaux venus ficelaient ses prisonniers, Earnest Moncrief contemplait sans bouger la laideur de sa vie passée. Un inspecteur demanda à Voltaire ce qu'il en était de leur chef, ce Jack insaisissable : allaient-ils l'arrêter aussi ? L'écrivain regarda Moncrief, toujours immobile.

– Leur chef est mort l'année dernière, répondit-il, il n'y a plus personne de vivant à rechercher.

Comme le policier sortait de sa torpeur, Voltaire lui glissa à l'oreille :

– La vérité est une chienne que l'on doit laisser au chenil.

Pour une fois, il était bien d'accord avec le roi Lear.

– Et maintenant, rentrons, ajouta-t-il. *It's been a hard day's night !*

CHAPITRE DIX-SEPTIÈME

Comment Voltaire s'embarqua pour la Turquie.

Deux jours plus tard, Voltaire se rendait à l'Eccentric Club, suivi d'Edward Higginson qui portait les paquets. Il venait livrer ses exemplaires à Lord Peterborough. Il en avait mis un peu plus pour le cas, fort probable, où d'autres membres du club voudraient imiter un comte doté d'un si bon goût.

Les salons lambrissés étaient toujours meublés des mêmes fauteuils et d'une table de billard. Un léger parfum de rhum des Caraïbes flottait dans l'air. Voltaire aperçut une bouteille de Baccardi sur un plateau, cela sentait la fête.

Il eut la surprise de trouver là non seulement celui qu'il venait voir, mais aussi le vicomte de Bolingbroke. L'accueil prodigué par Leurs Grâces eut la fraîcheur piquante de la brise marine sur les falaises de Douvres. Les autres membres du club les guettaient de loin en tâchant d'avoir l'air de s'intéresser à leurs journaux, à leurs boissons, à leurs conversations, ils ricanaient au-dessus de leurs verres.

– Ce sont les ouvrages que nous avons payé une guinée et qui valent trois shillings ? demanda Peterborough à la vue des livres enluminés.

– Pas trois shillings, dit Voltaire, ça ne serait pas rentable.

L'édition populaire en coûtait quatre, ce qui était toujours seize fois moins que celle de la souscription qu'il était venu livrer. Afin de débrouiller un malentendu qu'il sentait poindre, il expliqua qu'il avait été trompé par son libraire : cet homme s'était permis de publier l'in-octavo bon marché sans avoir du tout reçu son accord, en tout cas pas par écrit.

– Vraiment ? dit Lord Marlborough, qui avait acquitté une facture de quinze guinées pour une *Henriade* que n'importe quel *commoner* pouvait se procurer à moindre coût.

Au vrai, l'édition bon marché aurait dû paraître six mois plus tard, mais l'imprimeur avait avancé la date pour profiter de la publicité générée par l'édition coûteuse commandée par la gentry.

On était vexé. Voltaire expliqua que la version à une guinée qu'il leur apportait était luxueuse. On n'avait rien contre le luxe, on avait quelque chose contre le fait d'avoir payé très cher un texte que n'importe quel misérable clerc ou vicaire de village pouvait s'offrir aussi. Le petit Français n'avait pas bien compris le sens de l'aristocratie, il avait voulu être lu de l'élite mais aussi du peuple, c'était une faute de goût.

Lord Bolingbroke était d'autant plus fâché qu'il avait découvert dans la liste des souscripteurs le nom du premier ministre Walpole et de plusieurs membres du parti whig, alors que lui-même venait de lancer avec les tories une attaque contre le gouvernement de Sa Majesté. Voltaire était soupçonné d'avoir profité des uns et de s'être rapproché des autres à des fins mercantiles. Content de leur prise, les whigs l'avaient présenté au roi George, c'était dans le *Daily Post*. Pire, il était revenu aux oreilles de Bolingbroke des propos sur son compte que l'écrivain aurait tenus devant ses ennemis pour les amuser et qui sentaient la perfidie. Il lui reprocha les cent guinées reçues du roi pour on ne savait quel service. N'était-ce pas le salaire de la trahison ? Qui pouvait avoir le culot de vouloir gagner sur tous les terrains ?

– *We do not mingle with the villain*, dit Lord Peterborough avec une moue de mépris.

Le mot *villain* n'était un compliment dans aucune langue connue de Voltaire. Lord Bolingbroke se borna à faire à son tour une de ces citations que l'écrivain affectionnait :

– L'orgueil n'a pour se montrer d'autre miroir que l'orgueil.

Voltaire vit que les vicomtes connaissaient eux aussi leur Shakespeare, ils puisaient leurs répliques cinglantes dans *Troilus et Cressida.*

Les deux hommes ne disaient plus rien, ils ne le regardaient plus, ils montraient davantage d'intérêt pour leurs verres que pour lui. Quand ils entamèrent une conversation entre eux comme s'il avait été parti, Voltaire fit une révérence un peu sèche auquel nul ne prêta attention et quitta le salon dans une indifférence qui était d'une froideur britannique inimitable.

Higginson et lui se retrouvèrent sur le perron avec leurs livres. L'écrivain ne comprenait pas le malentendu sur lequel s'achevaient ses relations mondaines. Etait-il destiné à fâcher la noblesse d'un côté de la Manche comme de l'autre ? Lui qui était pourtant si aimable et si bon ! Voilà que tout lui revenait en pleine figure : ses mots railleurs, ses impiétés, son mépris du rang, ses vanités, ses manipulations financières et les souscriptions de *La Henriade.* Ces Anglais avaient la manie de discuter entre eux à l'heure du thé, ils s'étaient tout dit, avaient tout retenu. Ce qui passait hier chez lui pour une amusante excentricité était considéré aujourd'hui comme la plus inadmissible bassesse continentale.

– Mais que se passe-t-il ? C'est un jour de vent d'est ?

– Dame ! répondit le quaker. Tant que vous ne parliez pas bien l'anglais, ils ne savaient pas à quel point vous êtes irritant. Votre erreur a été d'apprendre : maintenant vous pouvez vous faire détester en deux langues.

– Je ne comprends pas. Au début, ils m'aimaient, je les aimais ; à présent personne n'aime plus personne.

– C'est parce que vous vous connaissez mieux, dit Higginson.

Voltaire avait sur les bras toute une édition de sa *Henriade* dont il ne vendrait plus un exemplaire. La version populaire continuerait de s'écouler à condition que la bourgeoisie n'entende point parler de la désaffection des nobles, sans quoi le phénomène d'imitation se tarirait.

– Les Anglais préfèrent vous chasser avant que vous ne portiez contre eux ce bel esprit de critique tant apprécié quand vous attaquez la France, expliqua le quaker. Vous commencez à vouloir réformer leur pays, c'est plus qu'ils ne peuvent en supporter de vous. Chez nous, chacun doit connaître sa place ; celle des Français est en cuisine.

Voltaire avait échoué à devenir un auteur anglais, il ne lui restait plus qu'à filer à l'anglaise. A force de n'être toléré nulle part, il finirait dans une petite maison au fond des bois, avec des parterres à la Le Nôtre s'il avait de la chance.

Il n'avait plus de choix que s'en aller ou de tomber malade de contrariété. La protection de ses entrailles exigeait de lui ce nouveau voyage. L'air de cette île ne lui était plus favorable, il devait profiter du vent pour voguer vers des côtes familières où, sans doute, on l'avait suffisamment oublié pour qu'il puisse repartir de zéro.

Pourquoi se mentait-il à lui-même ? Il était inoubliable.

Voltaire rentra boucler ses malles et faire ses adieux à la personne qui l'avait logé ces derniers mois. Assis à son secrétaire, Earnest Moncrief rédigeait des cartons de faire-part.

– Un heureux événement ? demanda le voyageur.

– J'y annonce ma mort, répondit l'under-marshal sans cesser de s'appliquer à ses pleins et déliés.

Son sens de l'honneur lui interdisait de continuer à exercer le noble métier de policier : un jour où l'autre son passé le rattraperait, il ne se sentait plus digne de ces belles fonctions, il aimait mieux se suicider.

– Encore ? De quelle manière, cette fois ?

Il allait se marier en province avec une veuve qui possédait un domaine dans le Lincolnshire. Il ne verrait plus désormais que des moutons et de bons paroissiens.

– Mon pauvre ami ! s'écria Voltaire. Quelle cruauté envers vous-même ! Le mal que font les hommes vit après eux, le bien est souvent enseveli avec leurs cendres.

C'était beau comme une réplique de *Jules César*.

Le voyageur fit porter ses bagages à l'appontement du navire qui l'emmènerait vers ces contrées barbares trop longtemps privées de ses lumières : la Normandie. Il allait prendre son temps pour se rapprocher de la capitale, il s'attendait à rencontrer des cannibales.

– Je vais connaître le même destin que Gulliver ! déclara-t-il.

– Vous allez faire naufrage ?

– Non, je vais m'exiler en terre inconnue chez des peuples bizarres !

– Où irez-vous ?

– En Turquie !

C'était loin. On le jugea désespéré.

– Quand on n'est plus à Paris, on est en Turquie où qu'on soit.

Puisque la tolérance envers les philosophes avait partout d'étroites limites, il aimait mieux retourner dans un royaume où, du moins, on ne lui servirait pas une tranche de veau froid dans une sauce à la menthe avec des petits pois fripés. Si on ne l'aimait plus de ce côté-ci, autant regagner le pays du petit-salé. On ne l'y aimait pas non plus, mais il connaissait mieux les mœurs et les travers de ceux dont il suscitait l'acrimonie.

Earnest Moncrief l'accompagna sur le seuil de sa demeure.

– Je vais être le premier auteur français à répandre en France le concept de démocratie, déclara Voltaire, qui avait de grands projets.

– Je crois que votre gouvernement aimerait mieux vous voir répandre la variole. Notre démocratie est née d'une révolution ; voulez-vous d'une révolution française ?

– Ce ne sera pas nécessaire si les Français lisent mes textes. Je n'y écris pas qu'il faut décapiter le roi.

– Mais ils risquent d'en venir d'eux-mêmes à cette conclusion. La démocratie anglaise a coûté sa tête à Charles Ier. Vendez vos livres avec des tour-de-cou en fer.

Ils se donnèrent l'accolade, puis Voltaire descendit la rue et cria aux porteurs qui le suivait de se hâter :

– *I've got a ticket to ride !*

Ce fut sa dernière promenade à pied dans la capitale anglaise, avec ses carrosses à deux chevaux de front, ses charrettes à plusieurs chevaux alignés, ses enseignes pendues à des potences, toutes de même taille et de même hauteur, parce que le Lord Mayor s'était préoccupé de l'harmonie des enseignes, tandis qu'à Paris on n'arrivait pas à inscrire des numéros sur les porches des maisons. On voyait bien qu'ici l'ordre bourgeois régnait, alors qu'en France l'égalité se heurtait aux privilèges, au rang, à la coutume, et l'artisan qui parviendrait à graver un numéro sur la façade d'un noble n'était pas encore né. La France était un pays profondément monarchique et aristocratique, et Voltaire n'était pas sûr que l'instauration d'une république y changerait grand-chose. C'était aussi ce qui faisait de Paris une ville surprenante et désordonnée, quand Londres était vouée à une organisation commode et ennuyeuse. En fin de compte, Paris était une belle ville avec quelques laideurs, Londres une vilaine ville où l'on voyait parfois de belles choses.

Dans Maiden Lane, il passa devant son ancien logement de la White Peruke.

– *Have a nice journey, Mister Poirot !* lui lança l'aubergiste qui balayait sur son seuil.

Voltaire aurait levé les bras aux cieux sans les paquets bourrés de livres et de potions qui l'encombraient. Il ne laisserait donc aucune trace en Angleterre, pas même celle de son nom !

Tout en remâchant ces tristes pensées, il bifurqua dans Baker Street, passa sous l'enseigne de « Nehemiah Holmes, Recherches dans l'intérêt des familles », et pressa le pas sans prêter attention à la plaque du « Révérend Artemus Sherlock, Extrêmes onctions à toute heure » qui ornaient la façade du 221 bis. Il avait inventé une façon d'enquêter fondée sur la logique et le pragmatisme, mais sa méthode allait être perdue parce que tout le monde ici s'en fichait ! Sa conviction était faite : ce pays n'était pas fait pour les détectives, il avait raison de s'en retourner au pays du fromage à pâte molle, du vin à bulles et des génies capables de prendre leurs déboires avec philosophie. Il avait pourtant bien compris l'esprit anglais ; quel dommage que les Anglais n'aient pas compris son esprit à lui !

Il se demanda s'il arriverait à détruire tous les exemplaires de sa *Henriade* avant que sa dédicace à la reine d'Angleterre ne tombe sous les yeux du roi de France.

Il commençait à se demander s'il n'était pas le principal obstacle au succès de ses livres. Décidément, la philosophie consistait à lutter contre sa nature et à s'en trouver bien.

Voltaire à Londres

Je trouvai le lendemain, dans un café malpropre, mal meublé, mal servi et mal éclairé, la plupart de ces messieurs qui la veille étaient si affables et d'une humeur si aimable ; aucun d'eux ne me reconnut. Je me hasardai d'en attaquer quelques uns de conversation ; je n'en tirai point de réponse, ou tout au plus un oui ou un non. Je me figurai qu'apparemment je les avais offensés tous la veille. Je m'examinai, et je tâchai de me souvenir si je n'avais pas donné la préférence aux étoffes de Lyon sur les leurs, ou si je n'avais pas dit que les cuisiniers français l'emportaient sur les anglais, que Paris était une ville plus agréable que Londres, ou quelque énormité pareille. Je pris la liberté de demander à l'un d'eux pourquoi ils étaient tous si tristes. Mon homme me répondit d'un air renfrogné qu'il faisait un vent d'est.

Dans le moment arriva un de leurs amis qui leur dit avec un visage indifférent : « Molly s'est coupé la gorge ce matin. Son amant l'a trouvée morte dans sa chambre, avec un rasoir sanglant à côté d'elle. » Cette Molly était une fille jeune, belle et très riche, qui était prête à se marier avec le même homme qui l'avait trouvée morte. Ces messieurs, qui tous étaient amis de Molly, reçurent la nouvelle sans sourciller. L'un d'eux seulement demanda ce qu'était devenu l'amant. « Il a acheté le rasoir », dit froidement quelqu'un de la compagnie.

Pour moi, effrayé d'une mort si étrange et de l'indifférence de ces messieurs, je ne pus m'empêcher de m'informer quelle raison avait forcé une demoiselle si heureuse en apparence à s'arracher la vie si cruellement. On me répondit qu'il faisait un vent d'est.

Je sortis du café et j'allai à la cour, plein de ce beau préjugé français qu'une cour est toujours gaie. Tout y était triste et morne, jusqu'aux filles d'honneur. On y parlait mélancoliquement du vent d'est. Un fameux médecin de la cour, à qui je confiai ma surprise, me dit que j'avais tort de m'étonner, que je verrais bien autre chose aux mois de novembre et de mars, qu'alors on se pendait par douzaine, que presque tout le monde était malade dans ces deux saisons et qu'une mélancolie noire se répandait sur toute la nation. « Car c'est alors, dit-il, que le vent d'est souffle le plus constamment. Ce vent est la perte de notre île. Les animaux même en souffrent et ont tous l'air abattu. C'était par un vent d'est qu'on coupa la tête à Charles Ier et qu'on détrôna Jacques II. Si vous avez quelque grâce à demander à la cour, m'ajouta-t-il à l'oreille, ne vous y prenez jamais que lorsque le vent sera à l'ouest ou au sud. »

Voltaire, *Mélanges*, 1727

8641690R00073

Printed in Germany
by Amazon Distribution
GmbH, Leipzig